「待ちなさい！」

「なんだよ」

一年もずっと、
どこにいたの。

鹿兄貴」

三条悠羽

「おかえり、六郎」
この瞬間が嘘ではないと、確かめたかった。

「六郎、なにか企んでるでしょ。」
「なにも」
「本当に？」

「お待たせー」
小牧寧音
「久しぶりだな」

「ただいま」
「さっきも言ったじゃん。変なの」
すっと目を細めて
おかしそうに笑い、
そのまま続ける。

「だから、俺を兄貴って呼ぶんじゃねえよ」
三条六郎

ダッシュエックス文庫

俺は義妹に嘘をつく

～血の繋がらない妹を俺が引き取ることにした～

城野 白

第1話

クズと義妹とマッチングアプリ

「ねえねえお兄ちゃん」

「お兄ちゃんって呼ぶな」

自分にちっとも似ていない妹に向かって、何度目かわからない注意をする。

同じ苗字《みょうじ》であり、一つ屋根の下で暮らしているのだから、関係上はそう呼ばれても問題ない。

だが、彼女――義理の妹である悠羽《ゆうは》に、兄として扱われることが嫌だった。

「じゃあ、六郎《ろくろう》」

「それでいい」

不満げに言う少女に頷《うなず》くと、ますます彼女は顔を曇《くも》らせる。

「どうして六郎は、お兄ちゃんって呼ばれたくないの」

「それは……」

いつもここで、話を変える、お茶を濁《にご》す、でっち上げた適当な言い訳でやり過ごす。

——俺は悠羽の兄ではない。

幾千《いくせん》の嘘《うそ》を重ねて、その事実を隠し続ける。

彼女が真実に、たどり着いてしまわぬように。

◇

「紹介するぜ。この子が俺の彼女——荒川奈子《あらかわなこ》ちゃんです！」

「よろしくお願いしまぁす」

学生街にある居酒屋の個室で、向かいに座った男女一組。

男の方は高校から付き合いのある新田圭次《にったけいじ》。

女の方は初対面で、きれいに化粧をした華《はな》のある子だ。

相対《あいたい》する俺は二人分の席を一人で占有し、目の前にある不愉快《ふゆかい》な現実の中、必死に自我を保っていた。握りしめたグラスの表面にできた水滴《すいてき》が、手のひらを濡《ぬ》らす。その凍《し》みるような冷たさが、辛《かろ》うじて冷静さを与えてくれる。

「よく来てくれたなサブ。今日は俺の奢《おご》りでいいから、思いっきり呑《の》んで話そうぜ」

圭次は大層嬉《うれ》しそうにニコニコ笑って、メニューを渡してくる。飯《めし》を奢ると言うから来てみれば、本題は彼女自慢。ただより高いものはないというが、にしたってぼったくり過ぎやしないだろうか。

テーブルの下で、悪友の膝《ひざ》を軽く蹴《け》る。

「奢りじゃ足りねえよバカ。賠償金寄越《よこ》せタコ」

「馬刺《ばさ》しと揚《あ》げタコな。酒は梅酒でいいんだっけ？　梅酒《ばいしゅ》金つってな」

「無敵かよお前。つーかここ、馬刺しなんて出してないだろ」

こっちの罵倒《ばとう》をことごとくつまらないギャグにして、圭次はへらへらしている。

その横で女は、口元を押さえて笑っていた。きっとあれは笑っているフリだろう、と思うことにする。

「おうよ。俺様は今、天下無敵の気分だぜ。いや〜、自分を想ってくれる人がいるってのは、いいもんだなぁ」

「うふふ。圭次さんってば、もう酔ってるんですか？」

「来る前に一杯飲んだだーけ」

「もうっ。圭次さんったら」

キャッキャうふふと視線を絡《から》め合う二人。

……あの、俺さっさと帰っていいですか？

できたてカップルの正面で食う飯が世界で一番不味《まず》い。それがずっと付き合いのある友人であれば、なおさらだ。

人の幸福は泥《どろ》の味とは前々から思っていたが、友人となると格別に酷《ひど》い気分である。

とはいえ俺はできた人間なので、ちゃんと話題を選んで提供してやることにした。

「で、二人はどういう経緯《いきさつ》で付き合ったんだ？」

「よくぞ聞いてくれた、我が大親友！」

「俺の中では絶賛降格中だけどな」

既《すで》にただの知り合いぐらいまでランクが落ちている。今日が終わる頃には、怨敵《おんてき》になっている可能性すらある。

「そう、あれはテニサーの新歓で格好《かっこう》つけて酒を飲み、トイレでゲロを吐いて戻ってきたときの話」

「飯時とは思えないほど最低な導入だな」

「まあテニサーにおいて飲み会とゲロは切っても切れぬ関係だからな」

「辞めてしまえよそんなゴミサークル」

酒の治安が悪い集団というのはいつの時代もいるようで、圭次が所属しているのはその代表格とも言えるテニスサークルだ。

テニスサークルは通称テニサーと言われ、だいたいどの大学でもチャラい雰囲気《ふんいき》を持っている。が、真性の陽《よう》キャは存在せず、井の中で威張《いば》り散らかす陰《いん》キャの成れの果てみたいなやつらに統治されている、と聞く。

「ふらふらで呑みに戻った俺は、端っこで一人微笑《ほほえ》んでいる奈子ちゃんに出会ったんだ、まさに一目惚《ひとめぼ》れ！　絶対にこの子を落とす！　先輩としての権限をすべて使ってでも落とす！　と誓《ちか》った」

「このカスがよぉ……」

黙って聞いてれば清々《すがすが》しいほどのカスである。人間の底辺とはおそらく、この男のことを言うのだろう。なんで彼女さんは横で笑ってるんだ。

「奈子ちゃんはシャイだからさぁ、初めて話しかけたときはあんまりつれなかったわけよ」

「さっきまでゲロ吐いてたやつと話したくないからだろ」

「だが俺は折れなかった！」

「きめえなぁ……」

「その日から奈子ちゃんがいる日は絶対にサークルに参加し、呑み会では奈子ちゃんの隣の席をキープし、特に用事がない日でもラインを送り続けた！」

「ストーカーやんけ」

「そうしてデートまでこぎ着け、最終的にラインで告白したんだ！」

「最後ひよってんなぁ」

勢いで誤魔化《ごまか》そうとしてるけど、思っきしビビってライン告白してるじゃないか。行動の一つ一つを聞いたって、モテないヤツの典型《てんけい》。ネットで拾った間違い知識を、都合良く解釈した非リアの愚行。

単純接触効果とかあれ、ベースとなる好意があっての話だから。

聞けば聞くほど、なんで付き合えてるのかわからない。

言っちゃなんだが、圭次は美形でもなんでもない。大学デビューしました感満載の茶髪に、ワンサイズ大きいシャツとジーンズの一般人だ。

恋愛の進め方だって、聞く限りでは最悪のオンパレード。エセ恋愛コンサルタントが聞いたら卒倒《そっとう》ものの大惨事《さんじ》である。

わからないのがこの奈子さんという女性だ。

ろくでもないことしか言ってない圭次を、ずっと微笑んで見つめている。

好きっちゃ好きっぽいけど、この子もだいぶヤバい雰囲気あるんだよな……。

などと内心でケチをつけたところで、こいつらが破局するわけでもない。カップルが放つ正《せい》のオーラは俺にも伝染し、酒はそれを加速させる。

三杯目の梅酒ロックを飲み干す頃には、だいぶ精神がやられてきた。

「チクショウ……俺だってエチエチ女とエチエチなことしてえよ……………」

我ながら情けない言葉が口から漏《も》れる。同時に襲《おそ》ってくる自己嫌悪。なんだよエチエチ女って。クズにしか生み出せぬ言葉。圭次がカスなら俺はクズ。底辺という言葉で辞書を引けば、俺と圭次はセットで載《の》っているだろう。

うなだれる俺に、悪友は優しい口調で語りかける。

「サブ、お前も彼女持ちにならないか？」

「圭次先生……俺、彼女がほしいです」

最悪な気分で最低な会話をする男二人。居酒屋の個室で話すことなんて、全部こんなレベルだ。

圭次はスマホをいじると、ネットのサイトを見せてくる。

「そんなお前にマッチングアプリ。今なら月々３０００円でメッセージ送り放題」

「勧誘始まったって」

「まあ聞けよサブ。いまどきの若者は、出会いがなければマッチングアプリを使えばいいじゃないという思考が主流なんだ。お堅い考えは捨てて、金を払って女と繋《つな》がれ」

「考えうる限り最悪の表現をする天才だよ、お前は」

俺がもう一杯呑んでたら、完全に風俗《ふうぞく》の紹介だと思ってた。

「選《え》り好みしなきゃ、サブみたいなクズでも好きになってくれる女はいるもんだぜ」

「顔面凹《へこ》ませてやろうかお前」

「サブがクズなのは事実だろう」

「否定はしないけどよ」

圭次も最低野郎ではあるが、それとつるんでいる俺も大概《たいがい》だ。いや、クズという面に関して言えば、俺の方が酷いまである。

視線をちらっと横にずらして、圭次の横で眠る奈子さんを見る。どうやら酒に弱いらしく、少し前からうとうとしていた。

「ま、お前はせっかくいい女の子騙《だま》せたんだから、大事にしろよ」

「言われるまでもないぜ。へへっ」

爽《さわ》やかな笑顔がムカついたので、最後にとびきり高い刺身《さしみ》を注文してやった。

ほやほやカップルと別れて帰り道、酔いを覚ますために川沿いを歩く。

人の幸福がなにより嫌いな俺にとって、今日はなかなかに地獄だった。荒れ果てた心を示すように、スマホにはマッチングアプリがインストールされている。

「今日は奢ってやるから、浮いた金で有料会員になれよ」

などと圭次にそそのかされ、きっちり金も払ってしまった。

マッチングアプリというのは男に不利なシステムで回っている。

双方が話してみたい、と思う〝マッチ〟までは無料でいけるのだが、その後にメッセージを送り合うなら、男は金を払う必要がある。女は無料、男は毎月３０００円。ふざけた世の中だとは思いませんか？

女性の権利を主張するのも大事だけど、男だってそれなりに搾取《さくしゅ》されてるよなぁ、と感じることは多々ある。どっちもどっち。皆仲良く。世界平和を願っていますよ、俺はね。

せっかく金も払ったし、適当に遊んでみよう。

写真を引っ張り出してプロフィールを設定し、自己紹介は自動生成。話題になりそうな趣味をいくつか並べたら、あとは適当に〝いいね〟を送りまくる。

この〝いいね〟が返ってきたらトークが始まる。途中でやめるのは自由。

要するに〝いいね〟は送り得なのだ。迷ったら送れ、死ぬほど送れ、なにも見ないで送れ。

とは、圭次の教えである。

どうしてあいつがマッチングアプリにやたら詳《くわ》しいのかは、深く追及しないことにした。

「ぺっぺっぺっぺぺー、とな」

酔いもあってか、〝いいね〟を送るだけの単純作業は面白《おもしろ》かった。ぷちぷちを潰《つぶ》すのと似た感覚で、上限が来るまで使い果たす。

こういうアプリは女性の需要《じゅよう》が高く、なかなか返ってこないというが……まあ、こんだけやれば二、三件はトークまで持っていけるだろう。

何日か繰り返していれば、そのうち彼女もできるはずだ。そうさ、そうに決まっている。

明るい未来にレッツラゴー。


その日、俺は酔っていた。

だから自分が犯した過《あやま》ちに、気がつかなかったのだ。

義理の妹にマッチングアプリで〝いいね〟するという、人生最大の過ちに。

◆

三条《さんじょう》悠羽がマッチングアプリを始めたのは、暇《ひま》つぶしのためだった。

この春に十八歳になった彼女は、晴れて出会いの世界への参戦権を手に入れたのである。

そして使い始めて一週間の今、彼女は人生で最大の混乱に陥《おちい》っていた。

「なんであいつから〝いいね〟が来てるの⁉」

大量に送られたハートをかき分け、自分好みの男を探す〝いいね〟チェックの時間。彼女はとんでもないものを見てしまった。

有象無象《うぞうむぞう》の男たちの中に、既視感《きしかん》のある男——自分の兄が混ざっていたのである。

「名前は……サブロー………うわぁ、本物じゃん」

三条悠羽の兄、三条六郎。ニックネームはサブロー。

三と六があるから『サブロク』で、それが変化して『サブロー』になった。他にも『サブ』など、呼び方にはいろいろあるが、本人が好んで使うのはサブローである。

もう一度写真を確認して、紛《まぎ》れもなく自分の兄であることを知りドン引き。

「なにやってんのあいつ……」

悠羽が暮らす家に、六郎は暮らしていない。

高校卒業と同時、二年前に六郎は一人暮らしを始めた。それ以降、一度も顔は合わせていない。盆も正月も、あの男は帰ってこないのである。

そんな兄と再会する場所が、年賀状ではなくマッチングアプリという事実に、悠羽は軽く戦《せん》慄《りつ》していた。

ため息を吐いて〝いいね〟を破棄《はき》しようとして、ふと思いとどまる。黒歴史の一つとして残してやろうと思い、証拠をスクリーンショット。プロフィールを確認。

「自動生成じゃん……」

手作りの痛い文章を期待していたが、そこにあったのは当たり障《さわ》りのない文字列。

つまらないと下までスクロールして、さあもう用済みだ、となったところで――

「くしゅんっ」

くしゃみが出た。

弾《はず》みで指がブレる。本来触るはずのなかった場所に触れる。

画面がピンク色に変わった。

「――あ」

スマホが手から滑り落ちる。その様子が、悠羽にはやけに鮮明に見えた。

実の兄とマッチングするつもりなんて、彼女にはなかった。

◇

「………なんで俺、あいつとマッチしてんの？」

新聞配達のバイトを終え、帰宅してシャワーを浴び、朝食をとりながらスマホを確認。

昨晩の単純作業の甲斐《かい》あってか、一件の〝マッチ〟が成立していた。

さてさて俺と会話してくれる女の子は誰かな、とか思いながら確認して、思わずスマホを落としそうになった。

プロフィールの写真を見ただけで、冷や汗《あせ》がつーっと首筋を流れる。

画面には黒髪ロングの女子。年齢が十八歳で、垢抜《あかぬ》けないながらも整った容姿が目を引く、小動物のような愛らしさのある、彼女は――

加工はしているが……見覚えのある顔。しかも名前は『ゆう』。間違いない。

三条悠羽。

俺のことが嫌いな誰かのイタズラじゃない限り、ほぼ確定で義理の妹である。

「だめだ、昨日の〝いいね〟とか、もう誰にしたか覚えてねえ」

酔っていたのもあるし、気分は最悪だった。

適当にスマホをタップしまくっていたから、顔写真を確認しなかった人も何人かいた。きっとその中に、ヤツも混ざっていたのだろう。

「にしたって、悠羽はなんで俺に〝いいね〟を返したんだ……？」

プロフィール写真、格好よすぎたかなと思って確認。いや、普通に俺でした。

でも、もしかすると。

高校までとは髪型が違うし、服も全然違う。

サブローという名前だって、別に珍《めずら》しいものではないと思う……思うことにすると、悠羽はこれが俺だとわかっていない可能性がある。

そうとしか考えられない。

なぜなら俺と悠羽は、二年前に喧嘩《けんか》して以来ずっと疎遠《そえん》になっているのだ。

俺はあいつが苦手だし、あいつも俺が嫌いだろう。マッチングアプリで見つければ即ブロック。気がついた上で〝いいね〟してくるなんて、絶対にありえない。

なるほどねえ。

なるほど、ねえ……。

「これは使えるな」

我ながらゲスい笑いが出た。コーヒーの入ったマグカップを揺らして、気分は悪の参謀《さんぼう》だ。

悠羽はこれが俺だと知らない。俺は相手が悠羽だと知っている。

つまり、ここでのトークであいつの恥《は》ずかしい黒歴史を引き出せば、今度会ったときにボコボコに言ってやれるじゃあないか！

そう考えたら急に目の前が明るくなってきた。

人の幸福は泥の味、人の不幸は蜜《みつ》の味。

うきうきで皿を流しに持っていって洗う。鼻歌なんかも歌っちゃう。その間にどんなメッセージを送ろうか考える。

考えた結果、最初はシンプルに、

『よろしくお願いします！』

とだけ送ることにした。

◆

「ねえキモいって！」

兄からの『よろしくお願いします！』メッセージを見て、悠羽はスマホを投げた。

長方形の物体はベッドの上にぽすんと収まり、それ以上の反応を示さない。

何度か深呼吸をして、悠羽はスマホを拾い上げる。

これは悪夢なのか罰《ばつ》なのか、画面にはサブローからの『よろしくお願いします！』が依然《いぜん》としてへばりついている。

「キモいキモいキモすぎ無理ヤバいってこれあいつなんのつもりなの……？」

マッチングアプリ初心者にありがちな、簡素《かんそ》すぎる最初のメッセージ。こんなシンプルな一文では、有象無象から選ばれることなどできない。女性側には、常《つね》に大量の〝いいね〟とメッセージが送り届けられているのだ。その中で一歩前に出るためには、多少なりとも工夫が必要になってくる。

三つも年上である六郎がそのようなウブな面を見せるところに、悠羽は激しいキモさを感じていた。あんたの歳《とし》ならもうちょっと手慣れた感じで来いよアホ！　みたいな感情である。

おでこを触って深呼吸を三回。冷静になった頭で考え直す。

果たして、自分の兄は悠羽にこんなメッセージを送るだろうか、と。

三条六郎という人間は性根《しょうね》がひん曲がっており、人の不幸を栄養素に生きている。

友人に仲のいい女がいると知れば駆けつけて邪魔をし、クリスマスのイルミネーションがあると聞けば停電を祈り始め、『結婚したら取りに来ようね』と書いてある南京錠《なんきんじょう》の錆《さ》び具合を見ては「絶対に別れてるねこいつら」と爆笑する。そんな最低最悪のクズ人間である。

そんな六郎が、妹に向かってこんな醜態《しゅうたい》をさらすだろうか——否《いな》。否である。

「さては、気づいてないな」

電流が流れるようにピンときた悠羽。プロフィール写真をチェックすると、ばっちり加工が施《ほどこ》され、通常よりも二倍ほど可愛《かわい》い自分がいる。

なるほど確かに、これでは判別も難しいだろう。「ゆう」なんて名前の利用者だって他にもたくさんいるに決まっている。

つまり今、この状況は——

「私にとって、圧倒的に有利」

形のいい唇《くちびる》を三日月のようにつり上げ、自らの優位性を信じ込む。

奇《く》しくも兄の六郎と同じように、『相手の恥ずかしいセリフを引き出して、あとで攻撃してやろう』という思考にたどり着く。

であればすることは一つ。徹底的に演じて演じて演じ抜くことだ。

可愛い系の女子に成り済まして、会いたくてたまらない気持ちにさせ、『今度の土曜日、お茶しませんか?』みたいなことを言わせる。

　そうすれば後は、「妹をデートに誘っちゃうなんて、すっごい変態。通報されちゃえばいいのに」などと言い放題である。

　それは悠羽にとって、どんなスイーツバイキングよりも甘美な放題——まさに夢のサブスクリプションであった。

「さあて、どんなふうに誘惑してやろっかなー」

　ベッドの上で足をバタバタさせて、考えをまとめるのに一時間。

　液晶画面をフリックして、メッセージを入力する。

『よろしくお願いします！　サブローさんって、休日はなにをしてるんですか?』

　送信。

「どんな返信が返って来るのかな～」

　用済みになったスマホを放り投げ、ベッドで仰向《あおむ》けになる。

　時刻は朝の十時。外は明るく、家には彼女以外に誰もいない。

　制服姿で悠羽は、ぼんやりと天井を見上げた。

◇

「ふっ、こいつ完全に騙されてるな」

悠羽から送られてきたメッセージを見て、勝利を確信する。

朝の仕事に一段落ついた昼の十二時。飯を作ろうと立ち上がって、キッチンで特売のパスタを茹《ゆ》でながら、スマホをチェック。

『サブローさんって、休日はなにをしてるんですか？』

なんて送ってきている。ほうほう、そんなにサブローさんのことが気になるか。

だが残念！　それはお前の兄だ！

ふははは！　すまんな、写真の中の俺が、お前好みの男になってしまって。

「休日にしてること、か……まあ適当でいいな」

マッチングアプリは初心者だが、ここでどうやって答えるべきかはわかる。

本当のことを言うのはよくない。相手が喜ぶことを言うのだ。たとえ嘘であっても。

女が喜ぶこと、それはオシャレ趣味である。

つまり、ここで俺が返すべきメッセージは、

『お休みの日はカフェでモーニングを食べて、海辺を散歩して、昼は韓国料理店に行き、古着屋さんやスイーツめぐりをして、夜は買った食材で簡単なコース料理を自作します。連休はハ

イキングやキャンプをしますが、家でごろごろしているのも好きです！』

『ゆうさんはなにをしているんですか？』

よし、これで完璧《かんぺき》だな。

◆

「ダウト」

六郎から送られてきたメッセージを見て、悠羽は即断する。

あの男は昔から平気で嘘をつく人間だった。それは保身に留まらず、もっと邪悪な意図によるもの。相手の自分への好感度を調節するためだったり、自分の思い通りに物事を進めるため、一つの手段として嘘を使うのだ。

口を開けば虚言《きょげん》が飛び出し、口を閉じてもポーカーフェイスでかき乱す。三条六郎という人間は生粋《きっすい》の嘘つきであり、その能力は常人《じょうじん》とは一線を画《かく》す。

だが、このメッセージは誰がどう見ても嘘だとわかる欠陥品だ。彼らしくないと言えば、彼らしくない。やはりマッチングアプリという土俵《どひょう》には慣れていないのだろう。

こんな休日を過ごしている男がいるなら、その人はマッチングアプリなんてやっていない。

既に彼女と幸せな生活を送っているはずだ。

　悠羽はため息を吐いた。

「こんな嘘ついて、虚《むな》しくないわけ……？」

　兄の見栄《みえ》っ張りに言い知れぬ悲しさを感じるが、これはまさしく、六郎が騙されている証拠でもあった。引っかけようとしているから、わざわざ嘘をついているのだろう。

「私の魅力で、おかしくしちゃったのカナ？」

　ここにいない兄を煽《あお》りながら、上機嫌に返信を打つ。

『私は学校の友達とショッピングしたり、カラオケに行ったりです。カフェとかキャンプ、大人っぽくて憧《あこが》れます！』

　年下という利点を最大限に活かした憧れアピール。

　これは我ながら可愛い、と思って送信。

「──ま、私のも嘘なんだけどね」

　ベンチの上にスマホを置く。

　制服の彼女がいる場所は、学校ではない。人気《ひとけ》のない住宅街の公園。

　見上げた頭上では、青々とした木の葉がさざめいていた。

「ダウト」

悠羽のメッセージを見て、一発で嘘だと確信する。

◇

夕刊の配達をして、晩ご飯の買い物を終えてからスマホを確認。他の女からの〝いいね〟は一件もなく、ただ義理の妹からの返信だけが来ていた。

なるほど、これが人生ってやつか。なかなか厳しいもんだ。

恋愛市場における二十歳《はたち》フリーターの無価値さを噛《か》みしめながら、今日も乱雑に〝いいね〟をばらまいていく。

既に義妹という最悪のカードは引いているので、これ以降は義妹とマッチングする可能性はない。安心して恋活に集中できていい。なんだこの一周回ったリスク管理。

日課の〝いいね〟を済ませてから、改めて悠羽のメッセージを確認。

どうせこいつも、可愛い女の子アピールをしているのだろう。血は繋がっていないが、さすがは俺の妹といったところか。なかなかにいい性格をしていやがる。

昔から悠羽は、買い物に興味がない。服は安物でいいと言うし、他の子が持っているようなオシャレアイテムには目もくれない。カラオケは好きなのかもしれないけど、あいつが好きな歌とか、あんまり想像できないな。

　想像はできないが、俺が実家を離れてもう二年だ。

「……ん、じゃあショッピングももしかして本当か？」

　高校三年にもなれば、ちょっとは女らしくもなるのだろうか。流行とかに敏感になって、SNSに自撮りをあげたりしていたら、それはそれで面白くはあるけど。

　どうなんだろう。

　まあいいや、さて、次はなんて返そうか――

　っていうかあいつ、返信早いな。

　トーク画面を眺《なが》めていて思った。こっちからメッセージを送って、30分以内には返信が来ている。対して俺は3、4時間後の返信。

　前にちらっと見たサイトでは、こういうリズムは相手に合わせたほうがいいと書いてあった。

　じゃあ、30分おきに確認するか？

　メッセージの左下にある時間を見て、ここからどうやって騙し続けるかを考えて……

「あいつ…………、もしかして」

　嫌な可能性に気がついて、液晶の上に指を走らせる。

『学校は楽しいですか？』

『はい。楽しいですよ、とっても』

――ダウト

◇

悠羽から送られてきたメッセージは、彼女が通う高校ではまだ授業時間だ。

授業中にスマホを弄《いじ》っているという可能性もあるが、あの学校はそれができるような場所じゃない。市内ではそこそこの進学校なので、授業態度には厳しいのだ。

俺も昔通っていたので、そのへんはわかっている。

数日間メッセージのやり取りをして確信した。

「あいつ、学校行ってねえな」

返信ペースが完全にニートのそれである。

こっちが仕事の隙間《すきま》にメッセージを送ると、いついかなるときでも30分以内に返信してくる。

これは食いついているというより、単純に暇を持て余しているのだろう。

このマッチングアプリも、暇だからやっているのか。あるいは、どこかに逃げ場を求めているのだろうか。男を作って、守ってもらおうとしているのか。はたまた、シンプルにグレてしまったか。だとしたら、もうちょっとプロフィール写真とか自己紹介に出そうなものだが。

本当にヤバいやつは写真の加工具合が半端じゃなかったり、自己紹介で『私わブスでデブだけど性格わ明るいってゆぅタイプです笑』とか言ってる。

それと比べれば、悠羽のそれは落ち着いたものだ。

写真の加工も一部をぼかして、ほんの少し空間を歪《ゆが》めることで顔を小さくしているだけ。この程度なら、パッと見て本来の顔を予測することなど容易。あまり俺のクズスキルを舐《な》めないでもらいたいね。

じゃなくて、悠羽だ。

自己紹介はテンプレートを少し弄っただけだし、マッチングアプリに対する本気度はあまり感じない。切羽《せっぱ》詰まっている様子も、遊んでやろうという意志も見えてこない。となると、本当にただの暇つぶしだろうか。

……まあ、そのあたりが一番濃厚か。

悪い世界に染まるか染まらないかの過渡期。そんなところだろうと、結論づける。

「俺があいつの心配をする義理なんてないわけだが……」

ないわけだが、ムズムズするのを止められるわけでもない。

気になってしまうものは仕方がない。そうだ、これは好奇心だ。決してお節介《せっかい》などではない。

誰に向けてしているかわからない言い訳を重ねて、唯一《ゆいいつ》と言っていい友人にメールを送る。

高校時代にやっていたSNSはやめてしまって、連絡のつく相手は、あの腹立たしいリア充、新田圭次しかいない。

暇だったのか、数分後に電話がかかってきた。

「ようサブ。急に高校のことが知りたいって、未成年にでも目覚めたか？」

「仮に目覚めたとして、なんで母校を狩り場にしなきゃいけないんだ」

「そういう時こそ、アプリ使えよ。十八歳だと高校生だってちょこちょこいるはずだろ。十七歳以下だと、SNSの方が手っ取り早いらしいけどな」

「なんでそんなこと知ってるんだよ……」

聞いてもいないのに、成人していない女子との出会い方について学んでしまった。残念ながら俺、年下よりも年上派なんだよな。エチエチだから。

「そりゃあ、バイト先の先輩がよくJK食ってるから」

「この世の終わりみたいな情報どうも。でも、今はそっちじゃないから」

「不純な動機じゃないってなると……。ああ、悠羽ちゃんか」

「察《さっ》しが良くて助かる」

電話の向こうで、圭次が理解する。

俺と悠羽は三歳差で、学校の在籍期間は被《かぶ》っていない。圭次が知っているのは、文化祭のときに俺たちの教室に遊びに来たからだ。

当時中学生だった悠羽は、圭次にとってドストライクだったらしく「一個下なら狙《ねら》ってた」と熱く語っていたのを覚えている。あの時の圭次、ガチでキモかったなぁ。

「あの子のことだから、美人になってるんだろうなぁ。発育の方はどんな感じよ」

「ぶち殺すぞ」

「冗談だって冗談。マジギレすんなよサブちゃん」

「前も言ったけど、あいつとはずっと会ってない」

「んじゃあ、なんで急に悠羽ちゃんのことになるわけ？」

軽快な口調ではあるが、しっかり詮索《せんさく》する意思を感じる。

マッチングアプリでマッチして現状が気になった。とは言えるはずもないので、代わりの嘘を用意してある。

「あんまり学校に馴染《なじ》めてないっぽいんだよな。親から調べてくれって、頼まれてる」

「なるほど。悠羽ちゃんって部活入ってたりする？」

「中学では軟式テニスやってたけど、高校ではわからん」

「軟式了解。んじゃ、後輩繋がりで聞いてみるわ」

「すまんな」

「お安いご用。ったく、サブは悠羽ちゃんのことになると人が変わるよなぁ」

「……」

けろっとした口調で圭次は引き受けてくれた。こいつはカス野郎だが、相談相手としては優《すぐ》れている。今度なにか礼をしよう。

電話を切ろうとしたが、「ところで」と遮《さえぎ》られた。

「出会い系の方、どんな感じよ。もうデートとかした？」

「そりゃあもちろん」

もちろんしていない。

それどころか、何日経《た》ってもメッセージが続くのは悠羽だけだ。他の女はマッチしても音信不通だったり、なんの前触れもなくブロックされたり。

社会というのは、俺に甘くはできていない。

「さすがサブ！　やっぱお前、パッと見だけは悪くないもんな。性格終わってるけど」

「友達にはふわふわ言葉を使えよ」

「そんな友情はいらん。んじゃ、なんかわかったら報告するぜ」

「おう。頼んだ」

バッサリ断《き》り捨てられ、ついでに通話も終わりになった。

流れで通知を確認すると、『ゆう』からメッセージが来ている。今回も早い返信だ。

最近の会話は料理についてで、俺はバルサミコ酢やオリーブオイルを駆使して華麗《かれい》にイタリアンを作るということになっている。おかげで、一回返信するために十個くらい料理サイトを見ないといけない。

最近の女は肉を食べないとか、低糖質がどうとか言うらしいのでそっちの理解もあるふうを装う。大豆ミートも糖質制限も、ここ数日でだいぶ詳《くわ》しくなってしまった。

面倒《めんどう》だと思いつつも、悠羽からのメッセージを確認。

『サブローさんって、料理にすごく詳しいですよね。料理人だったりするんですか？』

今回は簡単に済みそうだ。

『いえ、料理動画を見るのが趣味なだけです』

『ゆうさんは、料理するんですか？』

まあそんな動画を見たことはないのだが、今更《いまさら》一つや二つ嘘が増えたところでなにも変わりゃしない。相手は顔面を加工し偽《いつわ》っているのだ。こっちも堂々と内面を偽らせてもらおうじゃないか。

送信を押して、一つ息を吐く。スマホの角で前頭部を叩《たた》いた。

「はぁ……なにやってんだろ、俺」

◆

「はぁ……なにやってんだろ、私」

スマホの液晶に額《ひたい》をつけて、悠羽はため息を吐いた。

世間《せけん》はゴールデンウィークも終わって、徐々《じょじょ》に季節は夏に近づいている。

最近は外の公園で時間を潰すのも、暑くて苦しく感じる。どこか涼《すず》める場所を探したいものだ。そしてそれは、当然ながら家と学校以外の場所。

パッと思いつくのは、ファミレスだった。だが、財布《さいふ》の余裕を考えると毎日というわけにもいかない。梅雨《つゆ》の時期に屋内へ避難することを考えると、今は外にいるのが無難だろう。

木陰《こかげ》のベンチに座って、今日も今日とて時間を潰す。

母が家にいる日は、こうして学校に行ったフリをしないといけない。パートの日は家でごろごろできるのだが、毎日そうはいかない。

さしあたって、問題が二つ。

暑さと、退屈だ。

前者はまだ許せるとして、耐えがたいのが後者だ。

学校に行かないことによる、圧倒的な時間の余裕。午前八時から午後四時まで。単純計算でも、一日八時間なにもしない時間がある。これがなかなかに苦痛である。

スマホのギガも使い放題ではないので、動画など見れば簡単に底をつく。お気に入りの音楽を家でダウンロードして、オフラインで聞くのが精一杯《せいいっぱい》だ。

だから、非常に不服ではあるが……六郎からの返信が早くなったのは、悠羽にとって救いだった。

「あいつ、自分の妹になに本気出してんのよ。ばっかみたい」

トーク画面の中で六郎は、順調に黒歴史を積み上げていた。明らかに付け焼き刃の知識を使い、『モテそうな男』を演じている。

昨日届いたメッセージで『オリーブオイルは五種類常備しています』と言い出したときは思わず笑ってしまった。料理番組でもそこまでの種類は見たことがない。

そんな感じで、滑稽《こっけい》な兄を見ているのは思ったより楽しい。

メッセージのやり取りであれば、そこまでデータを必要としないから、二重に助かった。

『ゆうさんは、料理するんですか？』

というメッセージには、

『一人暮らししたらやってみたいです』

『初心者にオススメの料理ってありますか？』

と返す。これでまた、六郎の黒歴史が増えることだろう。

彼のことだからどうせ、『パエリアは意外と簡単なのでオススメですよ』とか言うはずだ。

そうやって次を想像するだけでも、そこそこ楽しい。

くすっと鼻で笑って、その事実に悠羽は虚しさを覚える。

六郎はここにはいない。ここに来ることもない。

彼は彼女が『ゆう』だから会話しているだけだ。『悠羽』だと知れば、たちまちその姿を消してしまうだろう。

「なにやってんだろ、あのバカ兄貴は」

晴れ渡る空を見上げて、この街にいるはずの彼に思いをはせる。

そこでふと、思いついた。そうだ。調べればいいんだ。

偶然にも、悠羽にはそれができる人間関係がある。断られる可能性はあるが、聞いてみるだけならいいだろう。ラインを開いて、目的の名前を探す。高校三年間で無尽蔵《むじんぞう》に増えた〝ともだち〟の中から、目的の人物を発見。

会ったことは数回しかないが、悠羽は彼女のことを好いていた。トークルームを開いて、メッセージを打ち込む。

『お久しぶりです。悠羽です』

『もしよかったら、今度お茶しませんか？』

送り先の名前は、小牧寧音《こまきねね》。

六郎の、高校時代の彼女である。

◆

「ちっ」

仕事が一段落ついたので、背もたれに体重をかける。リラックスした脳に、悠羽の顔がちらついて舌打《したう》ちが出た。

どうやら幸福とはほど遠そうな彼女の今に、苛立《いらだ》つ自分がいる。

圭次に頼んでから、三日が経った。さっき連絡があって、もうすぐ電話がかかってくるらしい。コップに水道水を汲《く》んで戻ると、スマホが振動した。応答する。

「もしもし、どうだった?」

「もしもしサブ。――っておい、早いな」

「どうだった?」

くだらない冗談を飛ばしている精神的余裕はない。さっさと結果を聞いてしまいたかった。そしてそれが、成績不振とか教師との折り合いが悪いとか、そういう〝まだマシな部類〟の問題であることを望んだ。

だが、圭次の返事は曖昧《あいまい》なものだった。

「いちおう、悠羽ちゃんと仲が良かったっつう女子とコンタクトは取ったんだが……なんというか、微妙な返事だったんだよな」

「それを教えてくれ。頼む」

「その子が言うには、『なにかで悩んでいるのはわかった。でも、なにに悩んでるかは絶対に教えてくれなかった』ってさ」

「いじめの可能性は?」

「なさそうだな。真っ先に聞いたけど、学校では普通だったらしいぜ」

「ふうん……」

メールの時点で察してはいたが、これは面倒なことになった。

「シンプルにグレたのか？　あいつ……」

「悠羽ちゃんに限ってそれはないだろ」

「お前にあいつのなにがわかるんだよ」

「おお怖い。サブの性格でシスコンは似合わねえって」

シスコンなんかじゃないさ。俺はあいつの兄貴じゃないんだから。

そう言いたいのは山々だが、黙って聞き流しておく。いくら仲のいい友達とはいえ、三条家の醜態をさらそうとは思えない。

質問を続ける。

「ちなみに、不登校の期間はわかるか？」

「兆候《ちょうこう》は一月くらいからあったんだってさ。その頃からぼちぼち体調不良で来なくなって、四月以降は週一くらいになって、GW《ゴールデンウィーク》の一週間前からはまるで登校してないらしい」

「体調不良……か」

「シンプルにそうなんじゃねえの？　睡眠障害とか偏頭痛《へんずつう》で学校に来れないって、あんまし珍しくないっつうか」

その二つに該当しないであろうことは、俺にはわかる。わかるが、それを言うと面倒なことになるので黙っておく。

本人と会話中なんて言ったら、「じゃあそっちで聞けよ」と言われてしまう。正論は嫌いだ。

「他に質問は？」

「いや、ない。ありがとな」

「お安いご用だぜ。報酬《ほうしゅう》と言っちゃなんだが、今度、サブの彼女と俺たちカップルでダブルデートしようぜ」

「…………おう。わかった」

未《いま》だにメッセージが続くのが悠羽しかいない。とは言えず、絞《しぼ》り出すように頷《うなず》いておく。嘘をつくのは得意だが、嘘で三次元の女を創造することはできない。

早いとこ適当な相手を見つけないと、大変なことになりそうだ。

癖《くせ》になったため息を吐いて、通話を終える。


――お前には、幸せになってほしいんだ。

かつて絞り出した声が、今も頭の裏にこびりついている。

マッチングアプリを始めてから、毎日のように思い出す人がいる。

それは悠羽ではなく、（あいつとはメッセージをしているので。思い出すとかじゃない）高校時代の元カノ――小牧寧音だ。

ボブカットの童顔で、身長は百六十センチ。巨乳、それでいて性格がめちゃくちゃいい。人のあら探しを天職とする俺でさえ、彼女の性格に文句をつけることはできなかった。浮《うわ》ついていたのかもしれない。別れた今では、確かめる術《すべ》もないが。

あんなに素敵《すてき》な人と出会うことは、もうないのだろうなと思う。

小牧はいつも誰かのために動いているやつで、その愛らしい顔はだいたい真剣な表情をしていた。笑うと綺麗《きれい》な顔がくしゃっとなって、ちょっとブサイクになるのが好きだった。

俺たちが付き合い始めたとき、周りはにわかにざわめいたものだ。圭次に至《いた》っては、泡《あわ》を吹いて驚いていた。

好きになったのは、小牧からだった。

俺はまあ、可愛いクラスメイト。性格のいいやつ。くらいに思っていて、そもそも自分と釣り合うとは思っていなかったのだ。

振ったのは俺からだった。

惜《お》しいことをしたなとは思う。けれど、心から後悔したことはない。考えるほど、これでよかったのだと思う。

インスタントの泥みたいなコーヒーを飲んで、椅子《いす》に深く座る。

そういえば、小牧は俺が唯一、自分の家庭について話したことのある相手だった。

俺が悠羽と――あの家の誰とも血の繋がらない人間であることを、彼女だけは知っている。

あんなに心を許せる人も、きっともう、現れないのだろう。

スマホの画面。指先で送りつける〝いいね〟は、どこか虚しい。

◆

六郎に彼女ができたと聞いたとき、悠羽は少しも驚かなかった。

相手が美人で、なおかつ性格がいいと知ってもなお、彼女だけは「まあ、六郎だし」と頷くだけだった。

スペックだけを見れば、三条六郎は決して劣った人間ではない。勉強は得意だし、運動だってそれなりにできる。性格の捻《ねじ》れたところはあるが、優しいところだってちゃんとある。

なにかが噛み合って、彼のことをちゃんと理解してくれる人がいれば、ありえない話ではない、と思ったのだ。

その日、悠羽は久しぶりに電車に乗った。休日の昼前。思ったよりも空《す》いていて、座ることもできる。混雑していない車内は快適で、車窓から見える青い海が綺麗だと思った。

待ち合わせ場所の最寄《もよ》り駅で下車して、改札を出る。駅構内を出て、ビルの一階にあるカフェ。そこが集合場所だ。

ぐるりと周囲を見回すが、まだそれらしい人はいない。

「悠羽ちゃん、こっち」

と思った矢先、声をかけられた。振り返ると、涼しげなロングスカートの女性が立っている。

もう一度顔をよく見て、気がつく。彼女こそ、小牧寧音だと。

化粧をして髪を伸ばし、格好も最後に会ったときより大人びている。パッと見で気がつけないのも仕方ないほど、素敵な女性になっていた。

悠羽は会釈《えしやく》して、挨拶《あいさつ》する。

「お久しぶりです。寧音さん」

「久しぶり。元気してた？」

パーマをかけているのか、寧音の髪には緩《ゆる》いウェーブがかかっていた。ぱっちりした目と、幼《おさな》げな表情の柔らかさは昔と変わっていない。

「はい。……それなりにやってます」

「そう。よかった」

不登校になっているとは言えず、無難な返しをしておく。今日の本題はそっちではないのだ。

寧音はカフェを指さし、悠羽を手招きした。

「入りましょ。こんなところで話してたら、日焼けしちゃう」

「はい」

すっかり大人の優雅《ゆうが》さを身につけた寧音の後に続いて、悠羽も自動ドアをくぐる。

店内は空調が効《き》いていて、ひんやり涼しい。温暖化の影響かは知らないが、最近の五月は以前よりも暑く感じる。

入り口近くのカウンターには、店員が二人立っていて、無尽蔵にあるメニューを差し出される。定番のコーヒーや紅茶、ココアや抹茶《まっちゃ》オレをはじめとして、季節のドリンクも豊富に揃《そろ》えている。

「悠羽ちゃん、どれがいい？　今日はなんでもいいよー」

「いえ、自分で払います」

「いいのよ。こういうときくらい、先輩に奢らせて」

財布を出そうとするのを止めて、寧音が前に出る。店員さんに向かい合うと、限定商品らしいものを注文した。悠羽はお礼を言って、同じものを注文する。寧音は嬉しげに微笑むと、二人分の代金を支払う。

席について、番号を呼ばれたので悠羽が取りに行って、二人は向かい合った。

ふわふわのクリームが載ったラテをストローで一口。

「ん～、美味《おい》しいっ」

「はい。美味しいです」

「甘い物を食べたり飲んだりすると、どうしてこんなに幸せな気分になるんだろうね」

「糖分は脳のエネルギーになるから、体が喜ぶんだって……」

言っている途中でハッと気がついて、悠羽はストローをくわえた。俯《うつむ》いて、クリームに視線を落とす。陰った頬《ほお》が、ほんのりと赤い。

寧音はくすりと笑う。

「六郎くんも、同じこと言ってた」

「そういうつもりじゃないです」

ぽそりと否定するが、寧音はいっそう笑みを深くするだけだ。

そんなつもりじゃないのに、と悠羽は悔《くや》しい気持ちになる。六郎の言葉が自然に出てきたことが、腹立たしかった。

「でも、今日は彼の話でしょ」

「……はい」

渋々《しぶしぶ》肯定する。

六郎の近況について知りたいと、事前に連絡してあるのだ。当日聞いて、寧音がなにも知らなかったら、お互い無駄足になってしまう。

「私も卒業してからは一回も会ってないからなぁ。成人式も違う中学校だし、ＳＮＳもなにもやってないみたいだし」

「そうですよね」

高校を卒業し、実家を出るタイミングで六郎は全《すべ》てを捨てていった。スマホも解約して、少しの私物を持って出ていったのだ。

母だけは住所を知っているらしいが、電話番号は知らないらしい。

――もっとも、それを知ったところで悠羽には意味がない。別に会いに行きたいわけでも、声が聞きたいわけでもないのだから。

ただ、知りたいのだ。

姿を二年間くらませ、盆も正月も顔を出さず、マッチングアプリでさえ己《おのれ》を偽る、三条六郎の現在を知りたい。

「大丈夫だよ悠羽ちゃん。なんの収穫もなかったら、わざわざ来てもらってないんだから」

「それはよかっ……ありがとうございます」

望みを失いかけたところに救いの手を伸ばされ、つい、感情が表に出そうになった。

思いっきり手後《ておく》れではあるが、悠羽はちゃんと隠せたと思って言い直す。

（……別に、なにも嬉しくなんてないし）

膝に手を置いて呼吸を整える。そうだ。これはあれだ。数学の解けなかった問題がわかったときに嬉しい、みたいなものだ。数学は嫌いだけど、解けた事実は嬉しい。そういうレベルのもの。

「それで……兄は、六郎は、どうしてるんですか？」

「生きてはいるみたいだよ」

「そうですか」

悠羽はそっと胸に手を当てる。

どうしてだろう。安心している自分がいた。

それは最近メッセージを送り合っている相手が、間違いなく六郎であることの証明がなされたからか。あるいは、ただ単に第三者によって生きていることが伝えられて安堵《あんど》したのか。

「でも、生活は大変なんだって。働いてばっかりで、あんまり遊んだりはしてないみたい」

「ご飯は、ちゃんと食べてるんでしょうか」

「ちょっと痩《や》せたみたいだけど、倒れたりはしてないって。六郎くん、料理できないって言ってたから心配だよね」

「あはは……」

まさか兄が今、マッチングアプリで料理男子を演じているとは言えず、悠羽は苦笑いする。

だがひとまず、ちゃんと一人で暮らせているらしいことはわかった。

「彼、悠羽ちゃんにもなにも言ってないんだね」

寧音はため息を吐くと、悲しげに目を細める。

「や、悠羽ちゃんだからなのかな……」

意味深げに呟《つぶや》いた言葉を、しかし悠羽は拾えなかった。寧音の周りを取り巻く空気が、それをさせなかったのだ。

太陽に雲がかかって、一瞬、外からの光が失われる。

再び光がガラス窓から差し込んだタイミングで、ようやく悠羽は口を開いた。

「あの、寧音さんは……六郎のこと、どう思ってるんですか？」

「うーん。どう思ってる、かあ」

悠羽はすぐに後悔した。

寧音は六郎に振られたのだ。卒業の直前、なんの前触れもなく。

本当はこうやって、彼のことを聞くのも避けるべきだというのに。そんなことを聞いてしまうなんて。

「あ、いえ。答えたくなかったら、いいんです。酷いことされたと思うし。今日だって、六郎のこと思い出させちゃってごめんなさい」

「酷いことなんてされてないよ。六郎くんは、私のことが大好きだったから」

予想外に軽い口調で、寧音は首を振る。

悠羽は目を見開いた。やっぱりという気持ちと、じゃあなぜという気持ちがぶつかり合う。ならばなぜ、六郎は寧音から離れたのか。

悠羽は寧音のことが好きだった。優しくて頼りになる、姉のような存在だったから。そんな彼女と別れた、六郎から振ったと聞いて、裏切られたような気分になったのだ。

忘れもしない、卒業式の日。

制服で待っていた六郎に話を聞かされて、悠羽は怒った。「あんなにいい人なんていないじゃん」「どうして六郎から振ったの」から始まって、最初は言われるままだった六郎も途中から怒り始めて——初めて大喧嘩した。

記憶にある限り、一度たりとも悠羽に怒ったことのなかった六郎が。人生で初めて感情を露《あら》わにした。喧嘩に慣れていない二人は落とし所が見つけられなくて、どんどんヒートアップして、最終的に悠羽は言ってしまったのだ。

――あんたなんて、お兄ちゃんなんかじゃない。

六郎ははっと我に返ったような顔をした。それから顔を引きつらせて、

――ああ、そうだよ。

とだけ答えた。

それが最後だった。六郎はなにも言わずに、家を出ていった。

「好きだけじゃ解決できない問題が、たくさんあるんだよ」

「……」

言い聞かせるように寧音は言い、悠羽は頭を抱えていた。

なにか誤解があったとするなら――自分は、六郎を傷つけてしまったのではないだろうか。

動揺するあまり、彼の話をなにも聞こうとしなかったのではないか。

二年経って、冷静になったところに後悔が押し寄せる。

それでも悠羽は顔を上げて、もう一つ、質問をした。

「寧音さんは、どうして六郎のことが好きだったんですか」

「六郎くんは、優しいから」

悠羽は静かに目を閉じた。

そんなことは、誰よりも彼女が知っていたはずだ。なのに、寧音と会うまで忘れていた。

（……会いたいな、六郎に）

話が聞きたい。間違っていたなら、ちゃんと謝りたい。

彼のことを思い出すと、押し寄せてくるのは後悔だ。彼が優しいことを、その優しさを、世界で一番見ていたのは自分だった。そのはずなのに。

ゆっくりと息を吐く。今はただ、堪《こら》えきれないほど悲しかった。

◇

全国各地にある『恋人たちの聖地』とかいう鐘《かね》を鳴らす場所を、一つ残らず破壊する方法はないだろうか。あるいは、鐘を鳴らすと絶対に別れる、みたいなジンクスを流行《はや》らせることができないだろうか。

そんなことを考えているうちに、今日も一日が終わりそうだ。ああ不毛なる我が人生。

マッチングアプリはぼちぼち、悠羽以外の女とも会話している。が、相変わらず不毛だ。

……まあ、悠羽と会話すること以上に不毛なことはそうないけど。

明らかにヤリモクみたいなのとか、名前がおかしい業者とか、怪《あや》しげな外国人とか。そういう目に見える地雷はもちろんだが、会話が始まってから首を捻《ひね》るのも多い。

向こうから〝いいね〟してきたのに、こっちから話題を提供しない限りなにもアクションがない。会話を盛り上げようと四苦八苦してメッセージを送っているのに、『ですよね』しか返してこないやつら。イライラはしないが、相手をしていて疲れる。辛《つら》い。なんでこんな目に遭《あ》わなくちゃいけないんだ。という気分になる。

ため息を吐いて、今日もまた一人、会話を打ち切ることに決定。

メッセージ欄《らん》のトップに居座るのは、引き続き『ゆう』というアカウントだ。

「うぐぐっ……」

しかもこいつとの会話、どんどん弾んでいってるんだよな。

返信のテンポは、早いときで1分。長くとも20分まで縮《ちぢ》まっている。こっちが30分リズムをキープしても、向こうは構わずポンポン送ってくる。

会話だって、俺が「そうですよね」としか送らなくても、『ゆう』は「〇〇なんですか～？」と次に繋がる質問を投げてくる。おかげで途切れる気配がない。

違うんだ。

俺はどうせ、そのうち悠羽が他の男のところに行くと思ってたんだ。だってあいつ、顔はいいし、メッセージの返信も早いし。このマッチングアプリでは、無双《むそう》できるポテンシャルがあるのは間違いない。

だというのに、

「お前と俺が上手《うま》くいってどうすんだよ……」

頭を抱えて呻《うめ》く。

最初こそ、ちょちょっと引っかけていつかからかってやろうと思っていただけなのに、気がつけばずるずると、今や一番の話し相手になってしまっている。

圭次とも毎日電話するわけじゃないし、ほんと、ぶっちぎりなんだよな。

ここまでくると、なんかこう、ちょっと怖い。俺ってば取り返しのつかないことをしたんじゃないかって、不安が鎌首《かまくび》をもたげる。

今度会ったとき、からかいじゃ済まなくて、刺されるかもしれん。

会いたくねえな……。

絶対に帰省しないという意志をさらに固くして、最新のメッセージを確認する。

『サブローさんは、どんなお仕事をしているんですか？』

さて、困った質問だ。

すごーく困る質問だ、これは。

高校卒の一人暮らしとプロフィールに書いてしまった手前、無職とするわけにはいかない。

年収だってある程度は記載している。

そこで嘘をつくといざってときに問題が生じるので、医療系、年収1000万とかはやってません。ちゃんと自営業、年収300万未満にしている。

ここはオブラートに包みつつ、嘘はつかない方向でいくか。

『アルバイトと在宅の仕事をしています。最近はちょっとずつ、アルバイトを減らしているところです』

うん。こうすればなんか、事業がちょっとずつ上手くいってる感がでるな。

実際のところは、割のいいアルバイトをした方が儲《もう》かるんだけど。将来的なことを考えて、去年からいろいろ試している。

この話題はあまり続けたいものでもない。次の返信は遅めにしよう。そうすればきっと、悠羽は察してくれる。

スマホをスリープ状態にして、ベッドに横たわった。体力なんて一日の終わりには使い果たしている。ほとんど気絶するように眠り、朝が来るのを待つだけだ。


「あっつ……」

翌朝、新聞配達を終えて家に戻る頃には、体が異変を感じていた。

まだ本調子ではない日差しが、既にかなり暑い。シャツの下は汗ばんで、皮膚《ひふ》とくっついてしまっている。

まだ五月の半《なか》ばだというのに、ここ最近の気温は夏のようだ。気温の急激な変化で体調を崩《くず》さぬよう、気をつけないと。

俺は一人だから、体を壊すわけにはいかない。

仕事の信用を得ることも、食事の準備も、病院に行くことでさえ、一人でこなさねばならないのだから。健康には昔よりずっと気を遣《つか》っている。

水分補給をしてからシャワーを浴び、朝食をとる。食欲はある。

麦茶を常温で作って、一時間おきに飲めるよう作業机の脇《わき》に置いておく。

『ゆう』からの返信は朝一に来ていたが、すぐには返さず置いておく。仕事の話は、して面白いものでもない。

パソコンを起動して、依頼されたタスクをこなしていく。

十一時になって、ふと顔を上げた。立ち上がって伸びをする。背骨がボキボキ鳴る。水分補給をして、ベランダに出る。

「あちぃな」

日差しはいっそう強さを増し、凶悪なほどに地球を照らす。なんの恨《うら》みがあるというのだ。もっと優しくしてくれたっていいじゃないか。そんなことを俺が思ったところで、なにか変わるわけでもない。

かざした手から、薄目で見る空は青い。

アプリを開いてメッセージを確認する。

『自立した大人って感じがして、憧れます』

これは皮肉か、いや、素直な感想だろう。向こうは俺だと知らないのだから。

「……そんなんじゃねーよ」

その上で、あまりいい気分にはなれない。

ちょっとよく書きすぎたのかもしれない。自業自得だ。あほらしい。

予定通り、さっさと話を切り替えるとしよう。意趣返《いしゅがえ》しではないが……そうだな。

『憧れなんてそんな。自分からすると、高校の方がよかったなって思いますよ』

嘘ではない。だが、これを見てあいつはどう思うだろうか……。

まあ、いいか。別にこれくらい送ったところで、そこまで影響はないだろう。

送信して、部屋に戻る。

急遽《きゅうきょ》取り出した扇風機の風に当たって、麦茶を飲む。飲み物は常温。腹が冷えるとよくないので。

昼まではあと一時間。もうひと踏ん張りするとしよう。

カタカタとキーボードを叩いて、依頼された文章を制作する。無機質な仕事でも報酬は入るので、あまり深く考えてやらないのがコツだ。大切なのは、数をこなすこと。

指定されたノルマをクリアしたところで、納品する。

集中していたら、あっという間に昼の十二時だ。

どれ、返信は来てるかな。

アプリを確認するが、『ゆう』からはなにもなかった。

代わりに別の女から「はい」とだけメッセージが送られている。丸一日間隔《かんかく》を空《あ》けて返事一つ。自己紹介が終わる頃には、どっちかが骨になっていそうなペースだ。

「はぁ……」

結局、悠羽とのやり取りが一番快適なのだ。返信早いし、ちょっとは相手のことを知っているから、話題も振りやすい。他の女がダメだってわけじゃない。ただ単に、俺が初対面の相手へアプローチするのが下手なだけだ。

わかってる。わかってるけど……だりぃな。

返信は適当に、

『そうなんですよ』

だけ送っておく。これで返ってこなかったら、もうこの人とも終わりにしよう。

スマホを置いて立ち上がり、簡単な昼飯を作る。インスタントのラーメンを茹でて、もやしを載せ、卵を落とす。安くて簡単で、最低限の栄養が取れる。しかし、それ以上でも以下でもない。味に文句はないが、美味《うま》いと思うことはない。ゆえに無感情。

一人の食事は、ただ生きるための行為だ。

テレビのないこの家で、唯一の娯楽《ごらく》は無料の動画サイト。最近はニュースもここで見れるので、重宝している。これがなかったら、本当に俺は社会から隔絶《かくぜつ》されてしまう。

動画を見ながら食事を終え、片付けて少し休憩《きゅうけい》。

引き続き動画を見つつ、ぐったり椅子に座る。午後の仕事はそこまで多くない。さっさと片付けて、今日は買い物にでも行こう。

予定を確認して、またスマホを確認してみる。やはり返信はない。

「今日は学校行ってんのかな」

その可能性だってある。ころっと考えが変わって、行動も変わるなんてよくあることだ。

そうだとすれば、それに越したことはない。

行けないのに行けとは言わないけど、行けるなら行くに越したことはない。学校はそういう場所だ。

……外は暑いしな。

ちらっと外を見た。青い空。高い雲。まるで夏みたいだ。

こんなに急に暑くなったら、熱中症で倒れる人もたくさんでるだろう。

「いや、まさかな」

返信の来ないスマホに、目を落とした。

◆

「あっつ……」

強い日差しを浴びて、悠羽は忌々《いまいま》しげに空を見た。

季節が夏に移りゆく中で、太陽の角度も変わったのだろうか。この間まで木陰だったベンチは、半分ほど日向《ひなた》になってしまった。残り半分に身を寄せて、どうにかやり過ごしている状態だ。

気温は確認したくなかった。数値を知ると心が折れてしまいそうだ。

体感では、30度ある。湿度の高い空気がべったりと肌《はだ》にまとわりついて、水筒の中身で喉《のど》を潤《うるお》しても爽快《そうかい》感はない。

だが、なぜか悠羽はこの状態に落ち着いてもいた。

（悪い子は、ひどい目にあわなくちゃ）

学校をサボっていることに加え、六郎を自分の誤解で傷つけたことが重なって、自己嫌悪に陥っていた。謝りたいと思うのに、二年という時間は長すぎて。今更どうやって切り出せばいいかもわからない。

マッチングアプリで唐突《とうとつ》に、

『私はあなたの妹です』

などと言えば、六郎は慌《あわ》てて逃げ出すだろう。

いや。実際はそんなことないのかもしれない。

「六郎も、気づいてるのかな……」

その可能性は十分にある。なんたって六郎は、悠羽と違って頭が切れる。

学校の勉強もそうだし、それ以外のところでも。悠羽が困っていれば、いつだって知恵を貸してくれた。普通の人には思いつかないような解決法なんかも簡単に思いついて――

そんな彼を、誇りに思っていた。

だから、悠羽が気づくことは六郎だって気がつくと考えるべきだったのだ。

スマホを握って、上を向いて、おでこに載せる。ぬるい液晶画面。

（このまま、消えちゃいたい）

家に帰れば気まずくて、学校に行けば周りの子が羨《うらや》ましくて。居場所なんてどこにもない。

――六郎くんは、優しいから。

寧音が言っていた。そうだ。六郎は優しいから、自分に構ってくれていただけだ。

あんなに酷いことを言ったのに、それでもなお、優しくしてくれるのだ。

彼は決してできた人間ではない。性格は歪んでいて、人の不幸を願う。それでも、大切な人には優しくあった。きっと普通の人以上に、自分の周りにいる人を大切にする。

その優しさに甘えている自分が、嫌だ。

返信はできない。スマホをスリープにして、ベンチにぐったり寄りかかる。

どれくらい経っただろうか。

不意に人の気配がして、顔を上げた。

「――っ」

心臓が止まるかと思った。叫び声が出なかったのは、直前まで微睡《まどろ》んでいたからだ。いつもなら大声を上げてしまっていた。

開いてしまった口を閉じることすら、彼女にはできなかった。

「なんだ、全然元気そうじゃねえかよ……」

頬を伝う汗を手で拭《ぬぐ》って、その男は怠《だる》そうに息を吐く。肩が上下していて、一目で走ってきたのだとわかる。

「んじゃ、俺は帰るからな」

悠羽がただ目を閉じていただけだとわかると、踵《きびす》を返して去ろうとする。

「ちょっ、ま――」

待って、と言おうとして、慌てて修正する。そんな情けないことは言ってたまるか。

自分に非があったとはいえ、喧嘩別れして、二年も行方《ゆくえ》をくらませていたのはこの男だ。そう思えば、怒りだって湧《わ》いてくる。

「待ちなさい！」

「なんだよ」

心底《しんそこ》嫌そうに、六郎が振り向く。その目は、困ったように垂《た》れている。怒ってはいない。

悠羽は一歩前に出て、勢いよく食ってかかる。

なにか、なにか彼を引き留める言葉を。そう思った瞬間、一つの答えが浮かび上がる。

「二年もずっと、どこにいたの。馬鹿《ばか》兄貴」

兄貴。と、その単語に六郎は目を見開く。

記憶の中にあるのと同じ顔で、嫌そうに、困った顔で、けれど怒りはせずに首を横に振る。

「だから、俺を兄貴って呼ぶんじゃねえよ」

第2話　プレゼント

五月にしては異常に暑い日だった。

午後になると気温は30度を超えて、扇風機の風もぬるく感じるほど。

そんな日に、『ゆう』からの連絡が途絶えた。そこで初めて、考えたのだ。

学校に行かないで、彼女はどこにいるのかを。どうせ家にいるだろうと思っていたが、それは親に許されている場合だ。

もし仮に、そうではなかったら？

誰にもなにも言わず、ただ彼女が外をふらついている可能性を、どうして俺は考慮しなかったのだろう。

思考が繋《つな》がったら、行動に移すのは一瞬だった。仕事を途中で切り上げて、家を飛び出した。

ただひたすらに、街中を駆け回った。新聞配達の区画以外に出るのは久しぶりだった。

長い間住んでいる街だから、道には迷わない。近場からいそうな場所を当たっていって、結局、その姿を見つけたのはひどく懐《なつ》かしい公園だった。

住宅街の中にあって、少し大きく、周りを木々に囲まれている。綺麗《きれい》な公衆トイレもあって、かつ日中はそれほど人がいない。行き場のない人が時間を潰《つぶ》すには、絶好の場所だ。

そしてそこは、子供の頃に俺たちがよく遊んだ場所でもある。

二年空《あ》いても、悠羽《ゆうは》の姿はすぐにわかった。ベンチに深く座って、俯《うつむ》いたまま動かない制服の少女。

意識を失っているのかと思って、走って駆けつけ、うとうとしているだけだとわかった。それと同時に、少女が顔を上げる。足音で気がついたらしい。

しまったと思ったときには、遅かった。彼女の顔に驚きが浮かぶ。

気まずくなって、俺は視線を逸《そ》らした。後頭部を掻《か》いて、できるだけ乱暴に吐き捨てる。

「なんだ、全然元気そうじゃねえかよ……」

これじゃあまるで、心配して駆けつけたみたいじゃないか。

実際そうなんだが、悠羽にそれを悟られるのは嫌だった。

たまたま通りすがって、人が死んでると思って駆けつけた。みたいに解釈してほしいもんだ。

そのためには、さっさと退散するのが吉だろう。

お前になんて興味ないんだからな、というのを全面に押し出して、ため息を一つ。

「んじゃ、俺は帰るからな」

「ちょっ、ま――」

悠羽がなにか言っている。

だが、俺としては会ってしまったこと自体が失敗なのだ。足を緩《ゆる》める理由にはならない。

「待ちなさい！」

「なんだよ」

振り返りはするが、刺々《とげとげ》しく返す。悠羽は怯《ひる》んだ。それでいい。そのまま諦《あきら》めてくれれば、俺はまた『サブロー』に戻れる。それでいいじゃないか。『ゆう』と『サブロー』。会わなきゃなんの問題もなく、仲良くやれる。

なにを言われても、俺はここから立ち去るつもりでいた。

それなのに、

「二年もずっと、どこにいたの。馬鹿《ばか》兄貴」

「だから、俺を兄貴って呼ぶんじゃねえよ」

悠羽は俺を、理解しすぎていた。

反射的に返してしまって、しまったと思う。その時にはもう遅かった。

一歩、二歩と立ち上がった悠羽が近づいてくる。

「ずっと気になってた。どうして六郎《ろくろう》は、名前でしか呼ばせてくれないの？」

「……なんだっていいだろ、そんなの」

焼き直しのようにはぐらかす。

だが、悠羽も成長した。昔のように引き下がってはくれない。

「それは、六郎がお父さんと仲が悪かったことと関係あるの？」

それどころか、聞き方を変えてきた。高三にもなってくると、薄《うつす》ら気がつくことも多いのだろう。俺たちの家がずっと抱えていた、歪《ゆが》みや、不自然なまでの不透明さ。成長して、視野が広がっていく中で察することがあったのかもしれない。

「あれはただの反抗期だ。男ってのは、親とか社会に反発したくなるもんだから」

「どうしていなくなったの？」

話の焦点《しょうてん》が飛んだ。彼女が本当に聞きたいことがわからない。あるいは悠羽自身も、なにを聞きたいのか整理できていないのだろう。

「私が酷《ひど》いこと言ったから、だから六郎は……」

目と目が合う。薄らと濡《ぬ》れた黒い瞳《ひとみ》は、真《ま》っ直《す》ぐに俺を捉《とら》えていた。

確かに悠羽は、小牧《こまき》と別れた俺にいろいろ言ってきた。こっちも精神的にやられていたので、珍《めず》らしく怒ってしまったが……あんなのは別にどうってことない。少なくとも、俺にとっては。

こぼれてしまいそうなため息を飲んで、首を横に振った。

「一人暮らしは、もっと前から決めてたことだよ。小牧のことは怒ってない」

「でも」

「説明不足は俺のほうだ。……八つ当たりして、ごめんな」

悠羽は寧音《ねね》と仲が良かった。だから、彼女の怒りは至極《しごく》真っ当だ。冷静になって、時間を空けて、俺はちゃんと説明するべきだった。言えないことはたくさんあったが、ならば彼女を納得させるだけの嘘《うそ》を用意すべきだった。

今になって思えば、あれは俺の不手際だ。

「……謝らないでよ。勝手に怒ったのは、私じゃん」

「じゃあ、もう終わりにしよう」

「……ごめん」

「気にしないでいい。あんなこと」

悠羽は腑《ふ》に落ちないようだったが、反論はしてこなかった。

沈黙を終わらせるために、空を仰《あお》ぐ。容赦のない日光を左手で透かして、その先の青空を睨《にら》んだ。

「暑いな」

大げさな動作で、暑い暑いとシャツをぱたつかせる。

実際、暑いのは嘘ではない。やっと息は整ってきたが、日光の下で汗《あせ》は変わらず浮かんでくる。喉《のど》だって渇《かわ》いてきた。

横目で悠羽を見て、懐《ふところ》から財布《さいふ》を取り出す。

「アイスでも食うか。ソーダ味でいいだろ、お前は」

味が好きとかじゃなくて、色が好きだからそればっかり食べる。かき氷もブルーハワイ。それが悠羽の夏だ。

「覚えてたんだ」

「そんな簡単に忘れないだろ」

ぶっきらぼうに返すと、彼女は嬉《うれ》しそうに口元をほころばせる。

「六郎はバニラだよね」

「そうだよ」

「変わらないね」

「……そうだな」

ぎこちなく、それでもなんとか柔らかい表情を作る悠羽。そういえば、高校の制服をちゃんと見るのは初めてだな、なんて思う。

似合ってる。なんて、昔だったら自然に言えただろうか。

胸の奥で生じたむず痒《がゆ》さを消すために、そっと目を逸らす。


いったいどこで道を間違えてしまったのだろう。

本当なら今頃、エチエチ美少女とエチエチ温泉旅行の計画を立てているはずだった。なけなしの貯金を振り絞《しぼ》って、露天《ろてん》風呂のついてるドエロい部屋を借りているはずだった。

だが、現実はどうだ。

俺の手に握られているのは幸福への切符《きっぷ》ではなく、コンビニのバニラソフト。座っているのは新幹線のグリーン席ではなく、公園のベンチ。隣にいるのは義理の妹。ソーダのアイスをかじって、時々こっちを見てくる。

小動物みたいに愛らしいが、気まずさも相《あい》まって居心地が悪い。

「……どうした」

「美味《おい》しい」

ぽそっと告げて、目を伏せる悠羽。

どんな反応をすればいいかわからなくて、俺も視線を落とす。砂利《じゃり》は友達。地面は偉大。大

地讃頌《さんしょう》も今なら上手に歌えそうだ。

「……よかったな」

マッチングアプリをそれなりに頑張って、得た収穫がこれだ。

こいつとのエチエチイベントなんて、想像できやしない。義理とはいえ兄妹。生まれたときから一緒だと、そういう感情って湧《わ》いてこないんだよな。

溶けそうなアイスをなめて、足を前に放り出す。

ここまで、マッチングアプリの話は出ていない。

さすがに悠羽だって、もう気がついているだろう。このタイミングで俺が現れたこと。『サブロー』という、よく考えればそうそうないニックネーム。一切の加工を施《ほどこ》していない写真は、後で確認すれば一発で俺とわかる。

それなのに話題にあげないのは――やっぱり悠羽もわかっていたからだろうか。

俺が『ゆう』を悠羽だと知っていたように、悠羽も『サブロー』が俺だと知っていた。

そう考えるのが妥当《だとう》だろう。

なにが次会ったときにからかってやろう、だ。あほくさい。

「バニラ、美味しい？」

「美味《うま》いぞ」

「そっか」

ぎこちない会話も相まって、ため息が出そうになる。なんとか堪《こら》えて、心の中で「はぁぁぁあ」と巨大ため息。なんで俺、ハードボイルド無口野郎みたいになってんだろ。

「ご飯、ちゃんと食べてるの？」

「お前は俺の親かよ」

「妹だから」

「……食ってるよ」

美味くはないが、不味《まず》くもない。ただひたすらに微妙な料理を毎日食べている。それが結局一番安いし、なんだかんだ健康だ。

「悠羽はどうなんだ」

「……まあ、そこそこ」

平日に制服で公園。その違和感を指摘《してき》していることには、当然気がついているだろう。だが、悠羽ははぐらかした。なら、それ以上は聞くまい。

代わりに一つ、提案をしてみることにした。俺は正義の〝学校ちゃんと通えマン〟ではないので。

「私服にすりゃいいのに」

「え」

「制服だと、周りの目が気になって仕方ないだろ」

家を出るときに制服を着ているのはわかる。だが、その後もずっと同じ格好《かっこう》でいる必要はないだろう。どうせ行かないいんだし、学校。

「そっか。……そうかも」

「私服で図書館とか行っとけば、誰も文句言わないし、クーラーも快適だろ」

「あー……。図書館」

その発想はなかったという顔だ。まったく、これだから最近の若者は。本を読まなすぎて、公共施設の快適さまで知らないとは。

「でも、どこで着替えればいいの」

「トイレとかでいいだろ」

「やだ」

「はぁ？」

「あと、洗濯物で気づかれちゃう。干すとこ、私とお母さんは同じだし」

「あー、そりゃ面倒《めんどう》だな」

今まで制服ばかりだった洗濯物が、週七で私服になったらさすがにバレるだろう。これからの季節、同じ服を洗わずに着るなんてできないだろうし。

　コインランドリーで乾燥までできれば理想だが、金がかかるのが難点だ。

「だめだ。万策《ばんさく》尽きた」

「まだ二策目じゃん。もうちょっと頑張ってよ。六郎は頭だけはいいんだから」

「やかましい」

　壊滅してるのは性格だけで、他はだいたい平均以上だ。……とか思っちゃうあたりが、性格終わってるんだろうな。

「これ以上はなにもない。諦めろ」

「ええ。もうちょっとなのに」

「どうせ暇《ひま》なんだから、どうすりゃいいか考えな」

「ん。わかった」

　悠羽は素直に頷《うなず》いて、アイスバーの最後の一口を放り込んだ。それから棒を確認して、「外れちゃった」と見せてくる。

　その表情には、昔と変わらない明るさがあった。

　想像していたよりずっと元気そうで、内心では安堵《あんど》している。

　だが、そんなことは表情に出さない。表情筋の力はずっと抜いたまま、真顔《まがお》で頷いて、俺もコーンの欠片《かけら》を口に放り込んだ。

「仕事あるから、そろそろ帰るぞ」

「そっか、六郎は働いてるんだもんね」

目に見えてしゅんとする悠羽。

「ねえ、今はどこに住んでるの？」

「地球」

「そうじゃなくて」

「日本」

「じゃなくて……」

苛立《いらだ》つ悠羽をなだめるように、わざとらしく笑ってみせる。

「大丈夫だよ。運が良ければ、また来るから」


夕刊の配達を終えて、買い物をして帰宅。

たまにはレシピでも見て料理しようと思って、スマホの電源をつける。通知が来ていて、すぐに気がついた。

「……おいおい、こっちは続くのかよ」

もうこのアカウントが俺だってことは確信してるだろうに。

『ゆう』からの返信は、ちゃんと来ていた。

◇

暗い暗い記憶が、いつだって心の表面にへばりついている。

「六郎。父さんたちな、お前抜きで家族をやり直したいんだ」

その日、あの男はやけに落ち着いた口調で俺に言った。

普段は酒で興奮《こうふん》しながら荒れているか、静かに不機嫌かのどちらかで、会話の成立する相手ではない。

いつからだったか、関係は悪化し、俺とあの男はほとんど言葉を交わさなくなっていた。

だから、いきなり外に連れて行かれ、ファミレスで向き合ったときに嫌な予感はしたのだ。

懇々《こんこん》と言い聞かせるように、あるいは頼み込むように、あの男は告げた。

「お前ももう十八歳。来年には高校も卒業する。だからもう、うちから出ていってくれ」

有無《うむ》を言わさぬ口調に、心が急速に萎《な》えていくのを感じた。

高三の十二月。進学校に通い、三年間真面目《まじめ》にやってきた。学年でも成績は五番以内。志望校はA判定。あと一カ月で試験が始まる。

そのタイミングで、すべてを断たれた。

バイト禁止の学校に通っていて、小遣《こづか》いも与えられていなかった。自分で使える金はなく、入学金すら用意できない。奨学金の申請《しんせい》時期も過ぎていた。

なにより、すべての意志が消えてしまった。

どうせ自分は、これから先の人生もずっとこうなのだろう。必死に積み上げたものすら、誰かの一言によって壊されていくのだ。そう思うと、すべてがどうでもよくなった。

俺の人生は、普通よりちょっとばかり複雑だ。

生まれてすぐに親が雲隠れして、孤児《こじ》になった。そこへ今の母親とその元夫がやってきて、俺を養子に引き取った。元夫は精子が奇形《きけい》だとかで、子作りができなかったらしい。その後、母親と元夫は仲違《なかたが》いして離婚。再婚した相手が今の父親で、その子供が悠羽だ。

スタートが養子だから、その時点でどこともなんの繋がりもない。三条《さんじょう》家になぜか存在する異物。それが俺だ。

小さい頃はまだ、可愛《かわい》げがあったからよかった。だが、成長していくにつれ俺はあの家で異物感を増していく一方だった。

俺を連れてきたのは、母のほうだ。母は俺を嫌ってこそいなかったが、味方になることもなかった。父とのギスギスに耐えられず、家から追い出すことにしたらしい。

——まあ、やっと解放されると思えば気は楽か。

唯一《ゆいいつ》の心残りは、悠羽の存在だった。

彼女だけは、俺が家を出ると知ったら反対するだろう。

だから。

本当のことを言えば、あの喧嘩《けんか》は都合がよかったのだ。

悠羽が俺を嫌いになる。俺は二度と家に戻らない。

それで全部、解決すると思っていたのに。


「なんでお前が、そんなふうにしてるんだよ……」

ため息と共に出した声は、夜の闇《やみ》へと吸い込まれていく。

手すりにかけた腕に、顎《あご》を乗せて目を閉じた。

◇

あのアホ《悠羽》は、返信の間隔《かんかく》を引き延《の》ばせば俺が現れると学んだらしい。

五月が終わるまでに二度、その方法で呼び出された。気温が30度を超える日はけっこうあって、どうせ大丈夫だろうと思っても気になってしまうのだ。

オオカミ少年だって、最後は本当にオオカミが来たわけだし。

私服の件はというと、ひとまずカーディガンを上から羽織《はお》るという結論になったらしい。鞄《かばん》を学校のものじゃなくすれば、図書館には入りやすいんだとか。

……図書館行けるなら呼ぶなよ。とは思うが、あいつも暇なのだろう。相変わらず一人でぷらぷらしているらしい。学校に行かない理由については、聞く前にはぐらかされてしまう。まったく、誰に似たんだか。

窓の外は晴れている。

梅雨《つゆ》入りして、ここのところ雨続きだったから珍しい。

そんな日に、『ゆう』からこんなメッセージが来た。

『今日は学校、午前中だけなんですよ』

「お前は学校に行ってないだろうが」

つい突っ込んでしまう。リアクションさせられて、なぜか負けた気分になった。

そのまま無視してやりたい気持ちを堪えて、改めて見返す。入っている情報は、今日、午前中授業であるということだけ。

「どうしろって言うんだよ、これは」

頭を掻いて考える。

結局、あの日以降も『サブロー』と『ゆう』は会話を続けている。お互いに完全に気がついていることには触れず、今まで通りを装って。

だから、悠羽からのメッセージはひどく迂遠《うえん》で、解読に手間がかかるのだ。一時間かけて考えて、結局なにもなかったときはキレそうになった。

今回のは、なにもないってことはないと思うが……。

ううむ。これはなんだ。一体全体、なにを伝えようとしてるんだこいつは。

午前中授業、四時間授業、午後はなし、十三時には帰宅……すると、どうなる。

「なるほど。弁当持ってない、か」

帰宅してから昼食をとるから、母が弁当を作っていない。堂々と帰ればいいのだが、家の鍵《かぎ》を持っておらず、家に入れなくなった。金もないから助けてくれ。

そんなようなニュアンスだろうか。

「……どっか連れてくか」

空腹でも死にやしないが、いいこともない。

まったく、こんな姿を圭次《けいじ》に知られたら、過保護だと笑われてしまう。

なんてことを思っていたら、ちょうどその圭次からメールが来た。噂《うわさ》をすれば影がさす、ってやつか。メールボックスから内容を確認。

『新田《にった》圭次
件名：やばい
本文：奈子ちゃんにフラれちゃいそう。相談したい。夜電話してくれ。』

「やったぁあああああ！」

じめっとした梅雨の空気を吹き飛ばすようなグッドニュースに、思わず声が出る。

両手は自然にガッツポーズになり、天井へ突きつけられる。陸上競技で新記録を達成したアスリートみたいに、上を見て最高の笑み。

落ち着いてまたメールを確認して、圭次がちゃんとフラれそうになっていることを確認。

うん。ちゃんとピンチになってる。

やばい、めっちゃ嬉しい。居酒屋での屈辱《くつじょく》があったからか、いつもの倍以上嬉しい。

なんか恋愛をわかったふうに「サブはな、やっぱ自分からいかないとダメなんだよ。女の子ってのは、男から来てほしい生き物なんだからさぁ」とか上から講釈垂《た》れてきたあいつがフラれそうとか、笑いが止まらん。

「ふははは」

悪の幹部みたいな声になってしまう。一人暮らしでよかった。お隣さんが昼間は仕事でいなくて本当によかった。

陰湿《いんしつ》な喜びじゃなくて、清々《すがすが》しく嬉しい。やっぱり持つべきものは友達だな！

気分がすこぶる良くなったので、今日の昼は奮発《ふんぱつ》しよう。

こうやって、世の中のバランスは取られていくんだ。

◇

いつもの公園に行くと、相変わらず悠羽はベンチに座っていた。暑さに耐えかねたらしく、白いカーディガンは腰にまいている。髪の毛も少し切ったらしく、軽やかなセミロングになっていた。重さが抜けて、心なし表情まで軽やかに見える。

公園に入った時点で気がついたらしいが、なぜか悠羽はベンチに座り直した。近づいて行くと、ちょうど今気がついたかのように、

「あっ、来たんだ」

などと素っ気なく言う。

思春期特有の照《て》れ隠し的なものだと思うので、俺も敢《あ》えて触れまい。静かに頷いて、

「暇だったからな」

とだけ返す。これが俺たちの一言目だ。俯瞰《ふかん》するとアホすぎて嫌になるので、あまり考えないようにしている。

ベンチに座る悠羽の前で立ち止まる。

このやり方で会うのも、今回で四度目だ。最初の頃はたどたどしかったが、いい加減にお互い慣れてきた。様式美みたいに偶然遭遇《そうぐう》したふうを装って、そこから話を進めていく。

「六郎は、もうお昼食べた？」

「今から食べに行くところだよ。悠羽は？」

座った少女は、目に見えて嬉しそうに瞬《まばた》きする。足をぱたぱたさせて、ベンチに置いていた鞄の紐《ひも》を握る。

「まだ。どこ行くの？」

「適当にラー……カフェとか」

ラーメン、と言おうとしたら悠羽がしゅんとしたので、何事もなかったように切り替える。

なんでラーメンでがっかりするんだよ。高校生は全員ラーメンが好きだろ。

まあいいや。ラーメンなら圭次といつでも行ける。今日くらい、珍しいことをしたって構わないだろう。

「悠羽も来るか？」

「うん。行く」

待ってましたとばかりに立ち上がって、軽やかなステップ。公園の出口に向かって歩きだす少女を、二歩ほど遅れて追いかける。

顔だけ振り返った悠羽が、口元を悪戯《いたずら》っぽく持ち上げる。

「カフェとか詳《くわ》しいんだ」

「デスクワークは基本的にカフェでやってるからな」

「えー。大人みたい」

「嘘だけど」

「嘘じゃん」

そんな金があったら、あんな狭いワンルームに暮らしちゃいない。エアコンだって思いっきり使ってるし、昼飯《ひるめし》に乾麺《かんめん》を食べることもなくなるだろう。

悠羽はつんと唇《くちびる》を尖《とが》らせて、ぷいっと前を向く。

「ちょっと期待したのに」

「なにを期待してんだよ、俺に」

「休みの日にカフェ巡《めぐ》りをしてること、とか」

「ぐっ……」

遠回しにマッチングアプリの指摘をしてきやがった。こいつ、なかなかにいい性格をしてやがる。

「俺も期待してたんだけどな」

「なにを？」

「ビー玉ぐらい小さい顔」

「うぐ……」

俺の焼き直しみたいに悔《くや》しげな顔をする少女。恨《うら》めしげに睨んでくるが、先に仕掛けてきたのはお前だろう。涼《すず》しい目で見つめ返すと、やがて諦めたように首を左右に振った。

まあ、こんなふうに冗談を言い合えるくらいには自然な関係に戻ったというわけだ。ぎこちなさは残るが、それも数カ月すれば消えるだろう。

そのときにもまだ、悠羽は学校へ行かないままなのだろうか。来年になったら？　なんて、不安に思うのは俺だけなのだろうか。考えようとして、すぐにやめた。悠羽が横に並んできたからだ。少なくとも今、暗い顔をする理由はない。

「六郎はさ、どんな仕事してるの？」

「宇宙飛行士」

「嘘はいいから」

「フリーター」

フリーと言えばなんだか自由そうでいいが、俺の場合は就職のタイミングを逃しただけだ。いくつかの幸運に救われて、どうにか生き延びているに過ぎない。

だから、こうやって口にすると劣等感に襲《おそ》われる。

どうせ俺なんて、マッチングアプリの不良物件。年収低いフリーターが恋活市場に出てきてすいませんでした。とか思うこともあるわけで。

「ふーん。すごいね」

悠羽のその反応は、意外だった。

「なにがすごいんだ？」

「え、だってそれで生活してるんでしょ」

「……まあ、な」

でしょ、と見つめてくる悠羽。どうやら彼女は、一人で生きていること自体が立派《りっぱ》だと言ってくれているらしい。慰《なぐさ》めてくれているのか。いや、そんな気遣《きづか》いをしているようには見えない。

きょとんとした彼女を見ていたら、自分の悩みが急にちっぽけなものに思えてきた。くだらない。そう思ってため息を吐いたら、悠羽は首を傾《かし》げる。

「どうしたの？」

「いや、なんでもない。急にどうでもよくなった」

「変な六郎」

すっと目を細めて少女が微笑《ほほえ》む。それで俺も、口元が緩んでしまう。

その微笑みに、どれほど救われてきたことか。

無自覚に、不思議そうに、ほんの一滴の疑いもなく。そんなふうに柔らかに、昔から俺を肯定してくれた。それが悠羽という存在だった。

二年経《た》ったくらいじゃ、変わらないもんだ。

目的の店が見えた。住宅街の中にある、小綺麗《こぎれい》なカフェ。

デザートにケーキでもつけるか。なんて思いながら、ドアノブに手をかけた。

『サブロー』と違って、俺は洒落《しゃれ》たカフェでランチなんてしたことがない。だから、平日昼下がりにマダムが集《つど》う場所で、意外としっかりした食事が提供されるとは思っていなかった。

千円ほどのビーフシチューセットを食べ終えて、食後のコーヒーを飲む。

悠羽は季節のケーキを食べている。上に載《の》った果物が、鮮やかな宝石みたいだ。

ぼんやりとその様子を眺《なが》めていたら、少女が視線を持ち上げた。

「ケーキまでつけてくれるなんて……。六郎、なにか企《たくら》んでるでしょ」

「なにも」

「本当に？」

「それはお前が決めればいい」

どうせ俺は嘘つきだ。疑われて当然。信じるか信じないかは相手次第《しだい》。

だから、受け取りたいように受け取ればいいのだ。

「じゃあ……うん。ありがと」

悠羽は小さく頷くと、フォークでフルーツを刺して口に運ぶ。控《ひか》えめな声で一言。

「美味しい」

「そりゃよかった」

「ケーキ食べるのも、久しぶりなんだ」

「誕生日は？」

「もうそんな歳《とし》じゃないし。あ、でも……友達と、スイーツバイキングに行ったかな」

歯切れの悪い言葉を並べて、悠羽は皿に目を落とした。カップの紅茶と、窓の外と、店内のあちこちを一周して、俺の元へ帰ってくる。

流れていた音楽が、遠ざかっていくような心地がした。居心地の悪い静謐《せいひつ》が俺たちの言葉を鈍《にぶ》らせる。いくつかの言葉と、感情がわき上がってきた。その全《すべ》ては、胸の奥から響く言葉にかき消される。

——俺は、もう家族じゃないだろう。

穴の空《あ》いた風船みたいに、抜けていく。

悠羽が苦しんでいるという現実を前にして、何度も葛藤《かっとう》した。俺にできることはないか。手を伸ばせやしないか。けれどそういった正義感めいた感情は、この二年で陳腐《ちんぷ》なものになってしまった。

八つ当たりのように喧嘩して、一方的に姿を消して、気まぐれに再会して。

なにを今さら、偉そうに。

冷めて味の落ちたコーヒーを口にして、取り繕《つくろ》ったように微笑んでみせる。

「スイーツバイキングは、楽しかったか？」

「うん。楽しかった」

「よかったな」

「うん」

悠羽が紅茶を口にする。静謐は消え、代わりに味のしない空気が満たす。

これでいいのだと、言い聞かせた。

俺にできることは、こうやってたまに彼女に会うこと。不登校について触れず、ただ一緒にいて、話して、できる限り見守っていることだ。

お手洗いに行くねと、悠羽が席を立った。

残された俺は天井を見つめ、重く長い息を吐いた。

「なにをやってるんだ、俺は」

目を閉じれば、鮮明に蘇《よみがえ》る記憶があった。

意識の外へ追いやろうとすればするほど、強くなる光。忘れようもないほど、心の真ん中にある熱。

口の中を噛《か》んだ。こんな痛み。

俺は、三条悠羽から目を逸らせないようにできている。

◇

俺は生きることに執着している。

中学、高校と勉強に力を入れたのは、生きる道を手に入れるためだ。

人生が最高にクソだった時期ですら、常《つね》に頭にあったのは「生きたい」という感情だった。

死にたくない、と言い換えることもできる。

まあ、結局のところその二つはそう大差ない。

言えることは単純で、俺は生きたいから生きられているということだ。

そして、その執着をくれたのが――

他でもない、悠羽だった。


初めてかかったインフルエンザが、地獄のような辛《つら》さだったことを覚えている。

あれは小学校の三、四年の頃。俺が家族の秘密に気がついて、わけもわからないでふわふわしていた時だ。

熱は三十九度まで上がり、咳《せき》をすれば喉や頭、全身の関節が軋《きし》んだ。体中に熱した鉄を流したように熱く、そのくせ背筋《せすじ》には寒気が住み着いていた。立つこともままならず、水分補給で体を起こすことすらできなかった。

共働きの両親は仕事を休まず、俺は家に置いていかれた。

そのとき初めて、俺は死というものを実感した。孤独で泣いたのも、初めてのことだった。

当時の俺は、どうすれば自分も愛されるかばかり考えていた。悠羽ばかりが大切にされる環境に、苛立っていた。

三個下で、まだ年齢が一桁《けた》だった彼女が歪みに気がつくはずもないのに。

純粋な目で俺を「お兄ちゃん」と呼んで、当たり前のように慕《した》ってくる彼女が鬱陶《うっとう》しかった。

妬《ねた》ましくて、俺はあの頃、悠羽のことが嫌いだった。

痛みで満たされた布団《ふとん》の中で、悠羽のことを憎《にく》んだ。俺がいなくなった後、より幸せに生きていくだろう彼女を呪《のろ》った。

眠れないまま苦しみと格闘していた。両親に帰ってきてほしかった。一人は嫌だった。

玄関のドアが開く音がして、慌《あわ》ただしい音がした。ドタドタとリビングまで来て、荷物を投げる音がして、そのまま俺の部屋に入ってくる。

「お兄ちゃん、だいじょうぶ!?」

帰ってきたのは、悠羽だった。顔を真っ赤にして汗を流して、横たわる俺の顔をのぞき込んできた。冷えた柔らかい手でおでこをペタペタ触って、「あつい」と何度も呟《つぶや》いた。

「まってて！　タオル、もってくる」

部屋を飛び出して、風呂の桶《おけ》に水をためて、体を拭《ふ》くための大きなタオルをびしょ濡《ぬ》れにして、床もびちゃびちゃにしながら、悠羽が部屋に戻ってくる。

タオルの端っこをつまんで、俺の額に載せる。余った部分は悠羽が抱えていたから、彼女の服まで濡れていた。

腹が立った。どうして自分は、こんなに惨《みじ》めな思いをしなければならないのだろう。

親から愛されず、その愛を奪った少女に哀《あわ》れまれる。

——全部、お前のせいなのに。

そう思って、必死に声を絞り出した。

「なんで……こんなこと………やめろよ」

力の入らない手でタオルをどかしたら、ぐいっと戻された。再び頭が冷やされて、気持ちいいのがムカついた。

だが、その怒りはすぐに収まった。

目の前にある悠羽の表情が、歪んでいたから。まだ幼《おさな》くて、なにも理解していない彼女は、大きな両目にいっぱいの涙をためていた。

「インフルエンザって、しんじゃうって言ってた。かえったら、お兄ちゃん、しんじゃってるかもって。だから、だから走ってきたの。ねえ、お兄ちゃん、しんじゃわないで」

そこまで言うと、悠羽はわっと泣き出した。声を上げて、俺の声も聞かず、しがみついて離れない。

抱きついてくるその温度が、心地よかった。

「……なんで、泣いてんだよ。いみわかんねえ」

浮かんでくる涙の理由がわからなかったのも、それが初めてだった。ただ胸が温かくて、泣くのをやめられなかった。

意味もわからず二人で泣いて、疲れ果てて眠りについて、起きたときには嘘みたいに楽になっていた。


悠羽が救ってくれたのだ。

父も母も助けてくれなかった俺を、一番幼い彼女が救ってくれた。

俺が死にそうなとき、彼女だけが泣いてくれた。

生きていたいと思った。あんなふうに泣く悠羽を、もう見たくなかったから。

◇

ああ、そうだ。俺はずっと——


目を開けて、息を吸った。

心臓が鳴る、感情が凪《な》ぐ。

足音に目を向ければ、悠羽が戻ってくる。視線が合うと、俺がうとうとしていると思ったらしい。悪戯っぽくはにかむ少女。

「寝てたの？」

その笑顔で、ようやく思い出した。

なんのために、この街に戻ってきたのか。

過去に縛《しば》られていたからか。友人がいたからか。遠くへ行くことが怖かったからか。

——否《いな》。

悠羽がいたからだ。

家族としての縁《えん》を切られ、努力をドブに捨てられ、大切だった人を傷つけて、それでも俺が手放せなかったもの。そのたった一つが、彼女だった。

折れた心で、消えてしまいそうな光に手を伸ばす。突き刺さったトラウマから、憎しみは溢《あふ》れ出すけれど。恐怖で足が竦《すく》みそうになって、指先は小さく震えるけれど。たった一片だって彼女には見せぬよう、軽薄な笑みを浮かべてみせる。

「ちょうど今、目が覚めた」

会計を済ませて店を出てすぐに切り出した。

「この後は時間あるか？」

今日はこれで解散だと思っていたらしく、悠羽は目を丸くしてじっと見つめてくる。瞬きを数回してから、不思議そうに首を傾げた。

「え、うん。時間ならあるけど」

「そうか。じゃあ、ちょっと付き合ってくれ」

「どこ行くの？」

「雑貨屋」

理由を問われる前に、ポケットに手を入れて歩きだす。気持ち早めに足を動かせば、悠羽は追いつくのに必死だ。最初の横断歩道を渡るところで、ペースを落とした。

「俺が雑貨屋なんて、珍しいって思ってるだろ」

「うん。頭でも打ったのかなって思った」

「そんなに奇怪かよ……」

真っ直ぐな瞳で言われると、普通にちょっと傷つく。俺だって雑貨屋に行くことぐらいあるさ。オリーブオイルを五種類持っていないだけで。

「買いたいものがあるの？」

「そうだな。一人で決めるのは難しいから、手伝ってくれ」

「いいけど、私で参考になるかな」

「女子の意見を聞きたいんだ」

その言葉に反応して、少女の眉《まゆ》がぴくんと動いた。恋愛センサーが反応した音がする。勢いよく、悠羽の視線が俺に向けられる。

「女の人にプレゼントするの!?」

「ああ、そうだよ」

わざと目線を逸らして、緩慢《かんまん》な動作で頷く。すると悠羽は口元を緩めて、つんつんと腕を突いてくる。

そういえば、高校時代に小牧と付き合ったときも悠羽は目を輝かせていた。今もあの時と同じ表情をしている。

「いい感じの人、できたの？」

「いい感じかはわからん」

「でも、プレゼントできるくらいの関係なんでしょ」

「それはそうだな」

曖昧《あいまい》に返事をするほど、向こうで勝手に膨《ふく》らむ妄想《もうそう》。おおかた、マッチングアプリで恋人未満の相手ができたと勘違《かんちが》いしているのだろう。残念ながら、あっちは相変わらず悠羽のみだ。一途《いちず》って言えば綺麗になるのかね。

「じゃあ私も気合い入れて選ばないとね」

「そんなに気合い入れなくても、お前なら選べるよ」

「どういう意味？」

瞬きする悠羽に、「さあな」と肩をすくめて返す。不可解な俺の物言いに、少女は難しい顔になる。好奇から思考へと変化していく目の色。緩んでいた口元は引き締まり、僅《わず》かに首を傾ける。

正解にたどり着かれても癪《しゃく》なので、適当な言葉で散らしてやろう。

「ヒント出そうか」

「ほしい」

「悠羽に選べるってことは、つまり悠羽に近い感性の持ち主が相手ってことだ」

「私に近い感性……ってことは、もしかして同年代。女子高生ってこと!?」

ざざっと三歩下がる悠羽。犯罪者を見る目をしている。

「えっ、六郎ってもう二十歳《はたち》でしょ。それって、は、犯罪じゃないの」

「狙《ねら》ってるわけじゃねえよ。プレゼントってのは、別にそういう意味だけじゃないだろ」

「……」

ポケットに手を入れて、視線をやや持ち上げる。この季節の空は、分厚い雲が浮かんでいて、普段よりも少し遠く感じる。その距離が心地よい。

涼しい風が吹く。日陰《ひかげ》を渡って俺たちは歩く。

しばしの間隔を置いて、悠羽が口を開いた。

「六郎にとって、その人はどんな人なの?」

その問いはあまりに難しく、あまりに大切で、だから俺も時間をかけた。目的の雑貨屋が見えてきたところで、ようやく答える。

「恩人、だな」

「そっか。じゃあちゃんと選ばないとね」

訝《いぶか》しさは残しつつも、少女は真剣な表情で頷いた。ゆったりと口角《こうかく》を持ち上げて、俺もそれに応じる。

木目《もくめ》調の穏《おだ》やかな店内には、品のいい小物が所狭しと並べられている。その間を縫《ぬ》うように歩くのは、基本的に女性ばかり。僅かにいる男は、彼女の付き添いらしく肩身狭そうに店の隅《すみ》を動いている。

普段は聞かないタイプの音楽と、自分からは絶対にしない香り。足下が浮くような気分で、悠羽の後ろをついていく。こういう場所は、人生でも数えるほどしか来たことがない。

ぬいぐるみ、トートバッグ、ポーチ、置き時計……目が回りそうになってきた。

情けない話だが、自分で選ぼうとしていたら途方に暮れていただろう。

悠羽を連れてきてよかった。俺とは対照的に、彼女は水を得た魚のように店内を歩き回っている。昔は可愛いものにもたいして興味を示さなかったのに、高校に上がって変化があったらしい。アンティーク調の照明が発する光に照らされて、その瞳はろうそくの火みたいに温かい。

「これなんていいんじゃない？」

そう彼女が言ったのは、店内を三周ほどした頃だった。

指さす先にあるのは、花の形をしたキャンドル。火をつけるといい匂《にお》いがする、アロマキャンドルというものらしい。

「洒落てるな」

「でしょー」

「いつのまにこんな女子っぽくなった？」

「失礼な。私は生まれた瞬間からこうだったでしょ」

「……いや？」

少なくとも、俺の記憶にある悠羽はいつだって俺と一緒にいた。外を駆け回ったり、一緒に勉強したり、女の子らしい遊びをしていたところなんて見たことがない。彼女が生まれた時から知っている身として、保証できる。

「六郎が見てる私だけが私じゃないんですぅ」

「ふうん」

「信じてないでしょ」

「センスがいいのはわかったよ。ありがとな」

選んでもらったアロマキャンドルと、それから目に入ったアイテムを一つ手に取った。

「六郎も選んだの？」

「選んだというより、思い出したって感じだな」

我ながら難解な言い回しだと思う。案の定、悠羽は困ったように眉を寄せて「わかるように言ってよ」と唇を尖らせる。

「すぐわかる」

短く告げて、会計へ。ラッピングまでしてもらって、店の外に出た。

まだ青い空から、容赦のない日差しが降り注ぐ。隣からは、悠羽の説明しろビームが突き刺さる。その両方を避けられる場所が地球上にあればいいのだが、あいにく俺には見つけられそうもない。

「ここじゃなんだし、公園まで戻るか」

「わかった」

来たときと同じように、並んで道を歩く。

言葉数は少なかった。時折目が合って、意味もなく瞬きをして前を向く。血の繋がっていない俺たちは、当然のように顔も似ていない。傍《はた》から見たら、どんなふうに映っているだろうか。兄妹には見えないのだろう。

手にした紙袋の感触を確かめるように、握ってみる。隣に悠羽がいることを、俺がここにいることを確かめる。

まだ、間に合うはずだ。

公園に足を踏み入れるのと同時に、口を開いた。

「傘《かさ》、よく忘れていったよな。お前は」

右側の少し後ろを歩いていた悠羽には、聞こえなかったみたいだ。小走りで追いついてくると、「なに？」と見つめてくる。

「中学に入ったばっかりの頃のこと、覚えてるか。雨が降ってるのにお前は傘を忘れて、びしょ濡れになって帰ってきたんだ」

俺と悠羽は三個違い。だから、中学の在籍期間は被《かぶ》っていない。俺が卒業した一カ月後に、悠羽は中学生になった。

「……覚えてる。あの時、私、風邪引いたんだっけ」

「寒かったからな」

悠羽が体調を崩《くず》すのが嫌だった。彼女が俺を心配してくれたように、俺も彼女が心配だった。

その日のことがトラウマになって、しばらくの間、雨の日は迎えに行った。悠羽はたびたび傘を忘れていて、そのたび学習しろとため息を吐いたのも覚えている。

昔の思い出は恥《は》ずかしいのか、彼女はそっぽを向く。左の頬《ほお》が、ほのかに赤い。

「もうあんなミスばっかりしないし」

「知ってるよ。でも、思い出したんだ」

記憶の底にしまいこんでいた、いくつもの大切な思い出が二年の時を隔《へだ》てて蘇ってくる。

「だから、傘も買った。どこでも持って行けるように、折りたたみのを」

振り返った悠羽の顔が驚きに満ちる。

足を止めて、プレゼントの贈り相手に向き直る。


「遅くなってごめんな。十八歳の誕生日、おめでとう」

「――え。私に？」


静かに頷いて、紙袋を差し出す。

「お前以外、誰もいない」

結局のところ、マッチングアプリで会話が続いたのも悠羽だけだ。女子高生の知り合いどころか、女子の知り合いすら今じゃゼロだ。消去法的にも、論理的にも、プレゼントを贈る相手はたった一人。

悠羽は紙袋を受け取ると、細い指で中身を取り出す。自分で選んだアロマキャンドルと、俺が選んだ折りたたみ傘。その二つを交互に見つめて、袋ごと両手で抱きしめる。

「ありがと。大事にするね」

陽《ひ》だまりみたいな微笑みの少女から、少しだけ目を逸らす。ポケットに手を入れて、言葉を選ぶための沈黙。

嘘は便利だが、決して万能ではない。

こういうときに必要なのは、偽《いつわ》りのない言葉だと知ってはいるけれど。難しくて、ぎこちなくなってしまう。長く息を吐いて、ゆっくりと顔を上げる。下手だって、伝わるように。

悠羽と目が合った。

「俺は、お前の味方でいたいと思ってるよ」

目を逸らしたら、嘘になる気がしたから。じっと見つめたままで言い切る。

沈黙が落ちた。我ながら、らしくない言葉だったと思う。何様だと思われただろうか。意味不明だったろうか。

そんな考えが浮かんできたところで、彼女は俯いて目を閉じた。

一歩。悠羽が近づいてきて、手を伸ばしてきた。俺のシャツをそっと摑《つか》んで、動かなくなる。

俺も、おそらく悠羽も。それからどうすればいいかわからなくて。お互いに黙ってしまう。

こういうとき、誰かを抱きしめられる人ならよかった。それができないから、俺は俺にしかなれない。

せめて。せめてもの言葉を、そっと紡《つむ》ぐ。

「どうした？」

シャツを握る力が強くなる。鼻をすする音。小さな頭がゆっくりと、俺の胸に当たる。温かい。その小さな頭を撫《な》でる勇気は、ない。

それでも、彼女は口を開いてくれた。

「……六郎。私さっき、嘘ついたんだ」

「嘘？」

「本当はね、スイーツバイキングなんて行ってないの」

「知ってるよ」

「誕生日も、ずっと一人だった」

「……そうか」

俺は――俺は一体、なにをしていたんだろう。

胸中に広がる自己嫌悪を、ため息ごと噛みつぶす。今はただ、彼女の言葉に耳を傾ける。

「……お父さんとお母さんね、離婚するんだって。ずっと喧嘩してて、家に帰るのも嫌で、誕生日だって、気がついたら終わってて……私、もうどうしたらいいかわからない」

腕に抱えた紙袋が、くしゃりと音を立てて歪む。そのまま膝《ひざ》を折って、地面にしゃがみ込む。

張り詰めていた糸が切れたように、せき止めていたものが失われたように、両目から溢れた涙が地面に染《し》みを作る。

　小さな肩をふるわせて、静かに彼女は泣いていた。

　彼女の抱えている苦痛の、ほんの一割だって俺は理解してやれない。俺はもう家族じゃないから。

　でも、悠羽が泣いている。その現実が許せない、この怒りだけは本物だ。

「俺がいる。俺はまだ、ここにいる」

　静かに、けれどはっきりと告げた。

　この場所には確かに、俺もいることを。悠羽がもう孤独ではないことを。

「ろく……ろう……」

　震えた声で、俺の名前が呼ばれる。

　顔を上げた少女の瞳は、涙で濡れ、赤く腫《は》れている。

「たすけて、六郎」

「わかった」

　地面に膝をついて、はっきりと頷く。

「後は任せてくれ」

◇

帰宅して仕事を片付け、夜。

フラれそうだと嘆《なげ》く圭次との電話で、開口一番《かいこういちばん》に俺は言った。

「状況が変わった。お前と奈子さんには、さっさと仲直りしてもらわなくちゃ困る」

「……お前、本当にサブか？」

仲間がモンスターに乗っ取られていることに気がついた、みたいな口調で尋《たず》ねてくる。

「なんで友達を助けようとしただけで疑われにゃならんのだ」

「黙れ！　俺の親友はそんなまともなことは言わん！」

「俺への信頼と理解度が高すぎるだろ……」

なんで俺、破局しそうな友達を助けようとして怒られてんだろう。厄年《やくどし》？

「さてはサブ、彼女ができたな。許せん！」

「いや許せよ。お前もいるんだからいいだろ」

お互いが幸福になった後も足を引っ張り合い続ける理由はない。……まあ、圭次は絶賛フラれそうらしいが。こっちを気にする前に自分のことをなんとかしてほしいものだ。

「っつうか、彼女なんてできてねえ」

「ではなぜ、破局しそうなカップルを前にして笑わんのだ！」

「どういう気持ちで言ってんのそれ？　お前は俺に慰めてほしいんじゃないのかよ」

「慰めはさっきママにしてもらった！」

「親離れしろよぉ……」

　もうダメだってこいつ。社会に解き放っていい生き物じゃないって。誰か早く引き取ってあげてください。俺には制御《せいぎょ》しきれん。

「だから最初にも言ったが、状況が変わったんだ。お前と奈子さんが付き合ってたほうが、俺にとって都合がいい。安心しろ。俺は今日も、圭次の幸福なんて一ミリも願っちゃいないからさ」

「ならいいや」

　いいのかよ。

　圭次は電話越しにでもわかるほど脱力し、いつもの軽い調子に戻る。

「んで、状況ってなにさ」

「その前に、奈子さんのこと話すんじゃないのかよ」

「冷静に考えれば、彼女いない歴＝この先の人生。のサブに聞いても仕方ないからな」

「引きずり回すぞ貴様」

「わっはっは。少なくとも今この瞬間、俺がリア充でサブが非リア充であることには変わりないんだからな。立場をわきまえろよ雑魚《ざこ》が！」

「マジでさっさと別れてほしい。早急に不幸になれ」

誰かこいつに強めの呪いを。この中に呪術師《じゅじゅつし》はいませんか。

ったく、と吐き捨てると、圭次はひどく嬉しそうに「かかか」と笑った。なにがそんなに嬉しいか、俺には理解できん。

理解できんので、もうその件については考えないことにした。

正直、あまり余裕はないのだ。思考のキャパは無限じゃないから、他人の色恋沙汰《ざた》に首を突っ込まなくていいのは助かる。

「んで、なーんで俺と奈子ちゃんが付き合ってると都合いいわけ？」

「その辺の説明は今度する。ひとまず、お前に頼みたいことがあるんだ」

「おうよ。なにかはわからんが、わかった」

一方が幸福を摑めば、全力でそれを呪うのが俺たちの友情だ。

だが、困っていれば理由を聞かずに手を貸す。そういう普通の友人みたいな側面もある。何度こいつに宿題を見せてやったことか。

「圭次の親戚《しんせき》に、不動産で働いてる人いたよな。紹介してくれないか？」

「引っ越しか。なんでまたこの時期に」

「ワンルームじゃ、二人は住めないだろ」

しばしの沈黙。スマホ越しに、圭次が難しい顔をしているのがわかる。

たっぷり一分ほどして、やっと声が聞こえた。

「俺は一緒に住まないぞ」

「ゾッとするからやめろ！」

なんで腐った展開にせにゃならんのだ。

「悠羽だよ。あいつを親から引き離す」

「ほえー。なんでまた」

「まあ、いろいろあんだよ。人には人の絶望って感じで」

「なるほど。じゃあ、聞くのはやめとくわ」

「助かる」

「あーっと、いちおう言っとくけどさ、サブよ」

「なんだよ」

「妹とは結婚できないんだぞ」

「もう黙れお前は」

◆

自分のことを想ってくれる人がいる。

たったそれだけのことで、どれほど救われるか。


悠羽はベッドに横たわり、天井を見つめる。リビングからはいつものように、父と母の喧嘩が聞こえてくる。近所にも知られていそうな、怒声《どせい》と物音。この数カ月で割れた皿とコップの数は考えたくもない。

なにより息苦しいのは、彼らが『悠羽の親でいるのはどちらか』で揉《も》めていることだった。揉めている、という言い方はいささか丸すぎるかもしれない。

悠羽という娘をめぐって、憎しみを日々深めていた。

「お腹《なか》を痛めて産んだのは私よ」

「金を稼《かせ》いで育ててやったのは俺だ」

そんな会話が、毎日のように聞こえてくる。止めようと入ると、途端《とたん》に二人とも優しい顔に

なって、

「悠羽は部屋に戻っていなさい」

と言われる。

さっきまで怒っていた人が、自分にだけ急に優しくなる姿は、寒気がするほど恐ろしかった。激昂《げっこう》とは違う類《たぐ》いの、考えが読めない恐ろしさだ。

だから彼女はずっと、息を潜《ひそ》めていた。自分の存在そのものを消すように、静かに部屋でやり過ごす。自分が笑っていれば、いつか家族は元に戻ると信じて。

信じて、信じた末にあったのは、どうしようもないほどの断絶だった。

家の中にまともな会話はなくなり、三人が顔を合わせることもなくなった。

そうして三条家は、家族ではなくなった。同じ箱で寝起きするだけの、冷たい関係。どちらか一方と仲良くすれば、もう一方が不機嫌になる。だから悠羽は、両親から距離を取るようになった。

会話を拒《こば》んで、顔を見ないで、それは楽な選択だったけれど。他に選べるものなんてなかったけれど。いつしか、誰の顔も見ることができなくなっていた。クラスメイトも、先生も、誰一人信じることができなくなって。

縋《すが》るように、出会いを求めて。迷走して始めたマッチングアプリで、六郎に再会した。

「大丈夫」

言い聞かせるように、悠羽は呟く。

いつもだったら、それは自分を騙《だま》すための言葉。私は大丈夫だという、洗脳じみた決意。けれど今日は、自分を励《はげ》ますため。

六郎が、なんとかすると言ってくれたから。

自分に任せろと、言ってくれたから。

ただそれだけで、光が差す。

彼女にとって六郎という存在は、それだけ信頼に値《あたい》する人間だ。

「二週間以内には手を打つから、それまで頑張ってくれ。どうしても無理なら、明日でもいいんだが」

「待てるよ。たった二週間なら、平気」

「わかった。じゃあ、近いうちに連絡するから。……メルアド教えてくれ」

一瞬だけ悩んだのは、『出会い系アプリ』の存在がよぎったからだろうか。悠羽の頭にも同じものがよぎったが、やはり言い出せはしなかった。

偽者《にせもの》の『ゆう』と『サブロー』は、未《いま》だに会話中である。

そして、それとは別に『三条六郎』と『三条悠羽』でメールのやり取りも始まった。

なにがなんだかわからないが、悠羽はそれでいいと思った。

アプリでの会話は、六郎と再会するきっかけになったものだ。それは間違いなく、彼女にとって大切なもの。消してしまうなんてもったいない。

それに、こっちには六郎の写真がある。

ベージュのロングコートを羽織って、髪をワックスで固めたその姿が、不思議と今は格好よく見えた。最初に見たときは、呆《あき》れや驚きしか感じなかったのに。

人差し指で、ゆっくりと画面をなぞる。

ほんの僅かに、心臓が強く脈打つ。血流が顔を熱くする。

「……私、ちょっと変かも」

少女は布団にくるまって赤面した。

第3話　ただいま

「義妹と一緒に暮らそうと思うので、仕事休ませてください。でもお金ください」

なんて舐《な》めた理屈がまかり通るほど社会は甘くない。

引っ越しの準備をするのは当然、仕事の合間になる。「趣味がないから無限に仕事できるね！」の精神で生きている俺には、自由時間があまりない。はい地獄。ドンマイ日頃の行いが悪い。

結果。

悠羽《ゆうは》のいる公園に会いに行っていた、あれが限界。土日も休みなし。

「……死ぬ、すごく死ぬ」

荷造りした段ボールに突っ伏して、弱音を吐き散らかす生き物になってしまった。

そんなことをやっていても、なにも進まないので立ち上がりましょう。はい。口より手を動かして。やれば終わる。やらねば別の意味で終わる。それだけだ。

幸いなことに、荷物はさほど多くない。荷造りは簡単で、引っ越しの費用もそこまでかからない。

不幸なことに、物が多くないので新しく買う物が沢山《たくさん》ある。二人暮らしとなると、雑に考えて二倍必要。

家賃だって増える。圭次《けいじ》の紹介でだいぶ良くしてもらったが、それでもワンルームと２ＬＤＫでは次元が違う。これからますます働かないとだ。

幸と不幸のシーソーはやや不幸が優勢。

仕事で体力が削《けず》れ、金のことで精神が削れる。それでも倒れずにいられるのは、ひとえに慣れているからだろう。俺の人生、キツい時間の方がずっと多かった。そのおかげで頑張れるなんて、皮肉な話だ。

気を張り続けろ。意識を張り巡《めぐ》らせろ。

抜けがないように思考を回せ。やるなら徹底的に。完膚《かんぷ》なきまでに悠羽を三条《さんじょう》家から引き離し、笑っていられるような場所を作る。

俺はその責任を、背負うと決めた。

スマホを手に取って、時間を確認する。

「もうこんな時間か……」

細く息を吐いて立ち上がる。作業は一旦《いったん》打ち止めだ。

マシな服に着替えて、髪をセットして、財布《さいふ》とスマホをショルダーバッグに入れて家を出る。

◇

何度目かわからないため息を吐いた。

慣れない場所に来て、変に緊張しているのだろうか。一人の喫茶店はどうも落ち着かない。

悠羽と行ったときとは大違いだ。だがそれ以上に、これから会う人物のことを考えると、胃のあたりがざわざわする。

コーヒーを口に含んで、なんとか落ち着こうと試《こころ》みる。

だが、上手《うま》くいかない。二日前から続く胃痛と、不必要に早い脈拍に板挟《いたばさ》みにされている。

生きるのって辛《つら》い。

その人物とは、二度と会わないと思っていた。

連絡は圭次を挟んできた。俺は高校を卒業したとき、彼女の連絡先を失っていたから。

彼女――そう、彼女だ。

くだらない言葉遊びになってしまったが、今から来るのは、俺の元彼女。

小牧寧音《こまきねね》である。

◇

——勝負しようよ、六郎《ろくろう》くん。

——私を好きになったら、君の負け。私が君を嫌いになったら、君の勝ち。

——そういう勝負は、得意でしょ？

小牧寧音とは、高校二年で初めて同じクラスになった。

入学当初から可愛《かわい》いと有名で、一年の頃はバスケ部の先輩と付き合っていたらしい。だが、先輩が卒業するのを機に別れた。

彼女がフリーになったと聞いて、学校中の男子はほぼ全員がそわそわしたという。

当時の俺はといえば、義父との軋轢《あつれき》にいよいよ生命の危機を感じていた。学生生活を謳歌《おうか》する精神的余裕はなく、そのせいで周囲の生徒からは〝浮いた〟存在になっていた。

こっちは命が懸《か》かっているから勉強しているのに、ただファッションで好成績を目指すやつらに目の敵《かたき》にされる。

少しこければ嘲笑《わら》われ、勝てば裏で陰口《かげぐち》をたたかれる。進学校において、成績の上位争いには面倒《めんどう》な人間関係が絡《から》みがちだ。

……お前らなんて、勉強しなくたって生きられるくせに。

……塾に行って、バカみたいに金捨ててんのに俺と張り合ってんのかよ。

そんなことを、常《つね》に思っていた。

心は常に荒れ果てていた。

そもそも、高校に進学できるかすら怪《あや》しかったのだ。

中学三年で一気に成績を上げて、「こんなに頭がいいんだから、それを活《い》かさないともったいない」と周囲の大人に言わせることで親を頷《うなず》かせた。

全部、勝ち取らねば得られなかった。

人の協力は、騙《だま》さねば得られなかった。

熊谷《くまがい》先生に英語を教えてもらうようになったのだって、始まりは嘘《うそ》からだ。

「一番わかりやすいの、熊谷先生なんですよね。この間、代わりにうちのクラスで授業やってくれたじゃないですか。あの時にそう思ったんです」

当時の俺は、一度も熊谷先生の授業を受けたことがなかった。

彼が代わりに授業をしたのは、俺のいないクラスだ。熊谷先生の担当は、別の学年だったのでバレないと踏んで嘘をついた。

だから当然、『一番わかりやすい』という部分も嘘になる。

英語教師で一番暇《ひま》そうで、生徒を大切にしていそうな人だったからターゲットにしただけ。

利用できそうだから、俺は熊谷先生に近づいた。

恩師との出会いですらそれだ。

俺にとって嘘は薬で、真実は身を滅ぼす毒だった。生き続けるには、薬を飲み続けるしかなかった。

「先生の前でだけいい顔して、うぜーやつ」

廊下ですれ違いざまに、昼休みの教室で聞こえよがしに、そんなことを言われたりもした。

腹が立ったから、舌打《したう》ちして睨《にら》みつけたり、テストの結果で嘲笑った。生来の悪人面《づら》なので、だいぶ怖がられたものだ。

そういうことを繰り返していたら、いつの間にか周りには圭次しかいなくなっていた。

そんな日々の中で、小牧寧音との出会いは唐突《とうとつ》に訪れた。

◇

「お待たせー」

トレーにクリームをたっぷり使った飲み物を載《の》せて、目的の人物はやってきた。

適度に色の抜けたジーパンに、白い半袖《はんそで》のブラウス。緩《ゆる》いウェーブのかかった髪は肩の下まであって、ただでさえ綺麗《きれい》だった顔は化粧によってさらに整えられている。愛すべき巨乳は健在。椅子《いす》に座ろうとかがんだときの圧《あつ》がとんでもない。

おいおい……あそこからまだレベルアップするのかよ。

高三の終わりに別れた彼女は、すべてにおいて当時を凌駕《りょうが》していた。

別れた男に後悔させてやるんだ、と言わんばかりに――ってのは自意識過剰《かじょう》だとは思うが。そう。軽く後悔するぐらいには、綺麗になっていた。

「久しぶりだな」

「そうだねー。卒業してから、六郎くんの情報ぱったり途絶えちゃったから」

飲み物を手に取ると、ストローで一口。ちらっと外を眺《なが》める所作《しょさ》すら、妙に様《さま》になる。写真に撮ったら、雑誌の表紙になりそうだ。

ストローから口を離して、小牧が口を開く。

「元気してた?」

「それなりに。そっちは」

「毎日充実してるよ」

「そりゃなによりだ」

こうして対面する彼女は、以前にも増して陽の気が強くなっていた。きっと今でも、人前に出たり、誰かのことを思って生きているのだろう。

大人になったら、社会のためになることがしたい。というのは、ほとんど彼女の口癖《くちぐせ》だった。俺とは真逆の人間。

そんな彼女と、かつて交際していた。不思議な話だが、それも本当のことだ。

「急に呼び出してごめんね」

「いいよ。大して忙しい時期でもないし」

強がりの嘘をつく。小牧を相手に、忙しいアピールをする意味もないから。

それでも、目の前の彼女は見抜いてくる。自信のある笑みに宿る光は、二年前と変わらず鋭い。

「新田《にった》くんから聞いたよ」

「どこまで?」

「忙しいってことだけ」

落ち着いた表情で、小牧はカップを傾ける。

「六郎くんが忙しいってわかってて、私は呼んだの。性格悪いでしょ」

「――知ってる。お前はそういうやつだ」

変わらない彼女の真っ直《ます》ぐさに、つい笑ってしまった。つられるように、小牧も吹きだした。

もしも今日、俺が断っていたら、二度と小牧は連絡してこなかっただろう。それがわかっていたから、どうにかして時間を作ってきた。

二年間、なにも考えなかったわけじゃない。それどころか、夥《おびただ》しいほどの時間を割《さ》いてきた。悠羽が心配で、その次に浮かぶのはいつだって小牧の顔だった。

彼女と向き合わなかった自分の、あまりにも弱く醜《みにく》い本質を。夜が来るたびに見つめてきた。

「なにしようとしてるの？」

「悠羽を引き取ろうと思ってる」

「ふうん」

にやりと笑った彼女は、俺と悠羽の血が繋《つな》がっていないことを知っている。圭次にすら教えていない、俺の家族のことを、彼女にだけは話したことがある。

「そのために戻ってきたんだ」

確かめるような小牧に、頷いて返す。

「なんか六郎くん、シスコンが悪化してるね。昔もけっこう重症だったけど、もう末期って感じがする」

「ほっとけ」

アイスコーヒーの氷が溶けて、グラスの中でからんと音を鳴らす。

プラスチック容器のドリンクを持って、小牧は薄い笑みを浮かべた。

「結局私は、悠羽ちゃんには勝てなかった」

「しらふで意味のわからないことを言うな」

うざったくて払い落とそうとするが、彼女はこの話題をやめる気がないらしい。目をじっと見てきて、居心地が悪い。

「六郎くんは、どうして私のことが好きだったか覚えてる?」

「なんで別れて二年して、今さらそんな話をしなきゃいけないんだ。……まさか、ヨリを戻したいって話でもないだろ」

「うん。ただの興味」

「お前の興味は怖いんだよ」

くりっとした小牧の目は、初めてちゃんと会話したあの日となにも変わっていなかった。

小牧寧音は見た目が良く、性格が良く、彼女にするのにこの上ない相手だった。

だが、それだけなら俺は心を許していない。当時の俺は、今ほどエチエチガールに対してフレンドリーではなかったから。

彼女は、頭のいい女だった。

——三条くんはさ、性格が悪いから嫌われるんじゃないよね。嫌われたいから、性格が悪いように振る舞ってるんだよね。

核心《かくしん》を突かれるとは、ああいうことをいうのだろう。

生まれて初めて、こいつには勝てないと心の底から思った相手。

それが俺の、初恋の相手——小牧寧音だ。

「私はまだ覚えてるよ。君を好きだった理由」

どうして俺は、こんな平日の真っ昼間から元カノと顔を合わせなきゃならないのだろう。すべては圭次のせいだ。あいつの顔が妙に広いせいで、小牧との連絡が再び繋がってしまった。

いったい誰が、自分で振って傷つけた女と再会したいなんて思うだろう。少なくとも俺は、そんな特異な性癖《せいへき》は持っちゃいない。

振ったことだって、その事実だけに関していえば——後悔していないのだ。たとえ二年の歳月が空《あ》いて、今もなお小牧が俺を好きでいてくれたとしても。「やっぱり付き合い続けておけばよかった」とは思わない自信がある。

華々《はなばな》しい小牧寧音の人生にほんの少し触れた。その事実を大切に胸にしまって、墓場まで持っていくのが元カレの役目というものだろう。

「俺だって覚えてる。『優しい優しい』って、意味のわからんことばっかり言ってたよな」

「そう。やっぱり覚えてくれてたんだ」

小牧は嬉《うれ》しそうに頷く。

「あんまり繰り返すもんだから、精神攻撃の一種かと思ってたんだぞ、あれ」

付き合う前からも、付き合っている間も、こいつは「六郎くんは優しいんだよ」などと主張していた。なにかしらのプロパガンダか陰謀論《いんぼう》か、あるいは洗脳かと思うほどに何度も。

「私、嘘はつかないって決めてるから」

「それも知ってる」

「本気で思ってたよ。こんなに優しい人は他にいないって」

「本気で……か」

息を吐くように嘘をつく俺とは対照的に、彼女の言葉はすべて真実だった。

かつて彼女は言っていた。「一つでも嘘をついてしまったら、すべての本当が台無しになる」と。

それに対して、俺はこう返した。「一つ本当のことを言えば、十の嘘を隠すことができると。

それくらいははっきりと、俺たちは異なる考えを持っていた。

「さあ次、六郎くんの番です。言わせておいて言わないのは、ちょっと酷《ひど》いよね」

「……なあ、言った後でセクハラとか言うのやめろよ」

「言わないって」

「顔と胸」

目を逸《そ》らしながら言う。小牧は途端《とたん》にくすくすと笑い出した。

「付き合ってた頃は最低だと思ってたけど、別れた後だとなんか面白《おもしろ》いね」

「俺は面白くねえよ」

眉間《みけん》を押さえてため息を吐く。

顔と胸が好きだ。というのは、付き合ってる女が絶対にする「私のどこが好き?」という問いに対する返答だ。いろいろ考えるのは面倒だったし、正直恥《は》ずかしいのでそれしか言わなかった。

「なんべん聞いても『顔、あと胸』しか言わないんだもん。他にはなにもないのかーって私、めっちゃ怒ったことあるよね」

「なんもねえって言ったよな、俺」

「ほんとあれ最低だった。まじで別れてやろうかと思ったんだからね」

「あったな。でも結局、小牧が『どうせ嘘に決まってる。六郎くんは私のことが大好きでたまらないんだから』とか言って収まったんだっけ」

「違うでしょ。六郎くんが『あなたの全《すべ》てが好きです。髪の毛食べます。むしゃむしゃ』って言ったから許したんだよ」

「そんな化物《ばけもの》と付き合うなよ、気持ち悪い」

「あははは、たしかに」

堪《こら》えきれなくなって、少し大きな声で笑う。

思いっきり笑うときだけ、小牧の顔はくしゃっと崩《くず》れる。いつも抜群《ばつぐん》に可愛くて、人形みたいに整ったその顔が、ブサイクになる。

その一瞬が好きだった。

完璧《かんぺき》な少女と出会って、好きになったのはその不完全なところだった。

だけどそんなことを言ったって、小牧は「嘘でしょ」と言うに決まっているから、いつも俺は黙っていた。

久しぶりにその表情を前にして、ほんの少し、胸の隅《すみ》が痛い。

俺だって嘘みたいだと思うよ。だけど、あの気持ちは本当だったんだ。

「あの頃さ、楽しかったよね」

「楽しかったな」

二年経《た》って、最近では思い出すことも少なくなったけれど。小牧と過ごした時間は、どれも宝物みたいに輝いている。

コーヒーを傾ける。ぬるい酸味が口中を満たした。

「六郎くんは、今も楽しい？」

「それなりに」

「そっかそっか。ならよかった」

「小牧は？」

「私はいつだって楽しいよ。なんせ完璧人間だからね」

「その傲慢《ごうまん》さは欠点だな」

俺の指摘《してき》に、小牧は微笑《ほほえ》みだけで応じた。そのまま視線を落として、僅《わず》かに目を見開く。

「もうこんな時間。――そろそろ電車の時間だから、行くね」

カップの底に残ったものを飲み干して、小牧が席を立つ。時間を確認するために取り出したスマホが、俺の目の前で持ち上げられる。

「あ――、それ」

そのカバーに貼《は》り付けられた、ボロボロのシール。お世辞《せじ》にもオシャレとは言えない、ピンクのタコのイラスト。

付き合っている間に一度だけ、俺たちは水族館へ行った。

あのシールは、来場者特典とかで配られていたものだ。なにも特別なものじゃない。

それを、あんなボロボロになるまで——

小さく舌を出して、小牧は悪戯《いたずら》っぽく笑った。椅子から立ち上がって、俺を見下ろす形で、優しい声音《こわね》が告げる。

「幸せになりなよ、六郎くん」

「……」

それはかつて、俺が彼女に投げた言葉だった。半《なか》ば自暴自棄《じぼうじき》で、けれど確かな本心で。

だけどそれは——幸せになれとは、どれほど重い言葉なのだろう。その幸せにはもはや、お互いを含まない。俺たちは、随分《ずいぶん》と遠く離れてしまった。

小牧が背を向ける。カップを捨てて、店内から出ていく。

ガラスの向こうで一度だけ振り返ると、そのまま駅のほうへ走って行ってしまった。

「……俺はもう、捨てちまったよ」

午後の日差しが温かくて、醜い俺には眩《まぶ》しすぎる。

水みたいになったコーヒーだけが、テーブルに残っていた。

椅子に座って一人、彼女との日々を思い出す。

――失恋と呼ぶにはあまりに綺麗すぎた、初恋の記憶を。


そんなことをしたって。

なにも戻ってくることはないのだ。

俺は知っている。ガキの頃からわかってる。

戻ることはできない。ただ、足を動かして進むのだ。生きているのだから。生きていたいのだから。進まなければ、どこへだって行けやしない。

残ったコーヒーを飲み干す。ざらつく苦味に口の中を嚙《か》んで、立ち上がった。

◆

幸せになる方法はわからない。

それでも俺は、悠羽の不幸を終わらせたい。

――初めから、敵《かな》わない恋をしていた。

平日昼間の電車は空《す》いている。右端のシートに腰を下ろして、小牧寧音は膝《ひざ》の上に置いたパソコンを叩《たた》く。大学のレポートを作成しているのだ。締め切りはまだ先だが、こういうのはさっさと済ませるのが彼女のやり方である。隙間《すきま》時間を使うのも、昔から染《し》みついた習慣のようなもの。

だが、今日ばかりはその手の動きも緩慢《かんまん》だった。

液晶に反射する自分の顔が、思いの外憂鬱《ゆううつ》げで、寧音はそっとパソコンを閉じる。

今でも自分は、あの男が好きなのだろうか。自問して、意味のない問いだと首を振る。

「幸せ、かぁ」

誰にも聞こえない大きさで呟《つぶや》く。

あの言葉を返したときの、六郎の顔は忘れられないだろう。虚《きょ》を突かれたような、置いてけぼりをくらった子供のような。あれはきっと、二年前の自分と同じなのだろう。

大学への道を断たれた六郎は、たぶん、目に映るあらゆるものを憎《にく》んでいた。それもそうだ。

彼が通っていたのは進学校で、周りの生徒は当たり前のように大学へ行く。成績の足りない生徒も、浪人して夢に手を伸ばすだけの余裕がある。それなのに彼は、きっと誰より勉強に真摯《しんし》だった六郎は、その夢を奪われた。

直前の模試も、共通一次の練習問題も、彼はなにも書かなかった。芯《しん》の入っていないシャーペンを手に持って、名前すら書いていない紙を提出する。その姿はあまりにも異様で、誰も触れようとはしなかった。教師たちも、薄《うっす》らと事情を知っていたのだろう。空気のように彼を扱っていた。

六郎の口から出てくるのは、ひたすらに自己否定だった。

「俺の見立てが甘かったんだ。大学までは行かせてやる。その後で育てたぶんの金を返せ。なんて、最初から信じなきゃよかった。全部、俺の不足だ」

どんな言葉も、六郎の心には届かなかった。なぜなら寧音も、〝恵まれた側の人間〟だったから。

だから。

「ごめん小牧。俺はこのままだと、お前のことを嫌いになりそうだ。そうなる前に、別れてほしい」

その言葉を、拒《こば》むことはできなかった。

子供の頃から努力してきた寧音だから、その重さを理解できてしまった。

――お前には、幸せになってほしいんだ。

憎しみに飲み込まれてしまいそうな中で、それでも微笑んでみせた六郎。その優しさを、どうして拒絶することができようか。

背もたれに体重を預けて、ぼんやりと視線を上げる。

——私はね、君を幸せにしたかったんだよ。

言えなかった言葉が、今も胸の中に残っている。二年の歳月を経て、随分とすり減ってしまったけれど。それでもまだ、微《かす》かにくすぐったい。

おかしくて、寧音は口元を緩めた。

初めから、敵わない恋をしていた。

寧音が好きだったのは、優しい六郎だ。だが、その優しさはたった一人、義理の妹のためにあった。どうしようもないくらい確固たる場所に、三条悠羽はいた。

雨の日に傘《かさ》を二本持った六郎の、急いで学校を出ていく後ろ姿。悠羽の話をするときにだけ見せる、温かい表情。

悠羽に優しい六郎が、彼女は好きだった。

それに憧《あこが》れてしまったから、勝負にすらならない。

今だってそうだ。悠羽のために奔走《ほんそう》している六郎に、昔から変わらないその姿に安堵《あんど》している。きっとこの先も変わらないであろう、彼の姿に憧れている。

「さようなら」
口だけ動かして、寧音はスマホのシールに爪《つめ》を当てた。

◆

事態が動いたのは、メールを送ってから十二日後。
六月中旬、雨の夜。
悠羽の携帯に、一通のメールが届いた。

『三条六郎
件名：（無し）
明日、三条悠羽を誘拐する』

◇

車から降りて傘を差し、俺の実家に当たるマンションを見上げる。

両親がいないのは事前に確認済み。

平日の午前十時。通勤と通学が一段落したこの時間は、人目につかなくていい。おまけに今日は一日中、雨予報。おかげでバレずに悠羽の引っ越しを済ませられそうだ。

「まさか大雨に感謝する日が来るとはな」

「絶好の誘拐びよりだぜ」

誘拐びよりなんて物騒《ぶっそう》なことを言うのは、新田圭次。

用意した車は二台。俺が運転してきたレンタカーと、圭次の車だ。

俺たち二人から少し遅れて、圭次の車から女性が降りてくる。なんだかんだ仲直りに成功した、彼女の荒川奈子《あらかわなこ》さん。

喧嘩《けんか》の理由を聞いたら、アダルトビデオの履歴がバレてドン引きされた。とのことだったので、俺にはなにも言えなかった。結局、「奈子ちゃんが一番エロい」とか言って解決したらしい。なんで解決したの？

その奈子さんは、すっと圭次の傘の中に入る。

「うふふ。私、こういう悪いことに、ちょっと憧れてたんです」

「奈子ちゃんって、意外とアグレッシブだよね。そういうとこも魅力的だよ」

「もうっ、圭次さんったら」

今日もほんわかして可愛らしい。あのカスの彼女にしておくにはもったいない人だ。

つーか隣でいちゃつかないでくれ。ライフがえげつない速度で減る。もう既《すで》にミジンコくらいの体力しかない。

ポケットに手を入れる。固い手触り。二年間出番はなかったが、持っててよかった家の鍵《かぎ》。

こういうのを回収しないから、クズに悪用されるんだって教えてやらなきゃな。

「──さっさと終わらせて、飯《めし》でも行こう」

「サブの奢《おご》りか？」

「いや、普通に圭次の奢りで豪遊」

「殺す気かよ！」

少し後ろで上品に笑う奈子さんと三人でマンションに入っていく。オートロックもなんのその。いとも容易《たやす》くターゲットの家にたどり着く。

鍵を開けて、中に入る。玄関のところに、悠羽は立っていた。動きやすいよう、ジャージを着るように伝えてある。学校指定の、上下長袖。ちょっと懐《なつ》かしい。

「おはようございます」

ぺこっと頭を下げると、片手を上げて圭次が応じる。

「久しぶり、悠羽ちゃん。俺のこと覚えてる？」

「新田さんですよね。六郎の唯一《ゆいいつ》の友達の」

「おい悠羽、流れるように俺を傷つけるな」

抗議する俺を無視して、圭次は鷹揚《おうよう》に頷く。

「大親友と言えば聞こえはいいが、そもそもサブには俺しか友達がいないからな」

「……まあそうだな。他に選択肢《し》がないから、取りあえず親友って呼んでやってるだけだ。いつでも降格させる準備はある。友達があと三人できたら、お前は晴れて他人だ」

「そんなこと言うなよぉ。俺が悪かったって」

突き放そうとすると、情けない声を出す圭次。こいつ、彼女の前だから格好《かっこう》つけようって意識はないのかな。

男二人が言い合いをしている横から、すっと奈子さんが前に出る。

「はじめまして。圭次さんとお付き合いしている、荒川奈子です」

「あ、はじめまして。六郎の妹の、三条悠羽です」

「悠羽ちゃんと呼んでもいいですか？」

「はい。ええっと、奈子さんでいいですか？」

「ええ。お好きなように」

二人はお互い少し戸惑《とまど》ったように、けれど同性がいることに安心しているようでもあった。

打ち解けるまでに、それほど時間はかからないだろう。

「どうしよう六郎、まだあんまり準備できてない」

「仕方ない。あいつらに勘《かん》づかれたくないから、連絡も直前にしたんだしな。とはいえ、俺と圭次が部屋に入るのは嫌だろうから……奈子さん、手伝ってやってくれないかな」

「もちろんです。そのために昨日、徹夜でレポートを終わらせてきたんですもの」

「女神か？」

ふんわりした顔で力こぶを作る奈子さん。ほんまに圭次の彼女でええんか？　もっとええ男ならぎょうさんおるで、の心になる。

「悠羽ちゃん、お部屋に入ってもよろしいですか？」

「はい。お願いします」

女性組は荷物の整理をするために部屋に入っていく。

「んで、俺らはどうするよ。サブ吉《きち》くん」

「俺の私物があるはずだから、お前はそっちを手伝ってくれ。準備ができたものから下に運ぶぞ」

「アイアイサー」

悠羽の部屋のすぐ隣にある、元俺の部屋。どうせ今は物置になっているんだろうなと思いながら、ドアを開ける。

嗅《か》いだことのない匂《にお》いが、鼻を刺激した。ねっとりと甘い、香水の匂い。

部屋は思ったより整頓《せいとん》されていた。ベッドと勉強机、本棚の配置は昔と変わっていない。ただ、そこにある物は全体的に女物らしくなっている。

「この部屋、今は母親が使ってるのか」

「ま、離婚の話が出てるのに同じ部屋で寝るわけねーよな」

「確かに。圭次にしちゃ鋭いな」

「サブにしちゃ鈍《にぶ》いの間違いじゃねーの？」

圭次には、うちの事情を話してある。といっても、離婚がどうのという部分だけで、血縁関係には触れていない。俺と悠羽が本当の兄妹じゃないとわかったら、なにを言われるかわからないからな。

脳の九割がエロに侵食されている圭次（診断メーカーしらべ）は、義理の兄妹というワードが大好きなのだ。

「んで、段ボールはどこだ」

「クローゼットの上にぶち込んどいたはず。引っ越しで持っていかなかったやつ。母親じゃ手が届かないから、残ってるんじゃないか」

「おけい」

開けっぱなしのクローゼットを確認する圭次。すぐに「おっ、あるある」と声が聞こえる。

その間、俺は部屋を軽く見て回る。

「なにやってんだ、サブ」

「探偵ごっこ。悪いけど、先にちょっと運んでてもらえるか？」

「うい。任せな」

圭次がいなくなった部屋で、やっと俺も全力を出せる。まずは机の調査だ。すべての引き出しを開けて、中身をチェック。ベッドの布団《ふとん》をどかして、シーツを剝《は》がすが、ここにもない。

俺の知識と直感が正しければ、見つかるはずなんですよねえ。

この先の行動で強力なカードになる〝証拠〟ってやつが。

気合いを入れて、部屋中を徹底的に調査する。知らない人の家でやったら、立派《りっぱ》な犯罪行為だ。だが、今回はそうじゃない。

「残念ながら俺は『家族』だから。罪には問われないんだよなぁ」

暗くて湿度の高い笑いが漏《も》れた。

仮に母親が通報したところで、家族の中での揉《も》め事としてあしらわれるだろう。あいつらは俺を追い出しこそしたが、縁《えん》を完全に切ったわけじゃない。

その詰めの甘さが、命取りになるとも知らずに。

「みーつけた」

一つ見つけたら、ざくざくでてきた。まるで宝の山だ。その中から、小さくてバレにくそうなものを一つ拝借《はいしゃく》。残りは、この部屋だとわかるように写真を撮る。

これだけのものがあれば、あの二人を不幸にするには十分だ。

人の不幸は蜜《みつ》の味。それが嫌いな人間ともなれば格別だ。

清々《すがすが》しい気分で部屋を出ようとして、ふと、入り口近くに置いてある写真に気がついた。

小さな写真立てに入っているそれには、三人映っている。

真ん中にいるのは、今よりだいぶ若い母親で、その両側に抱きかかえられているのは、俺と悠羽。満面の笑みが三つ。

これは確か、家族四人で動物園に行ったときに撮ったものだ。悠羽の手には、水色の風船が握られている。

「……だからなんだよ」

奥歯を強く嚙みしめた。

今更《いまさら》、幸福な記憶なんて思い出したくもない。

父親が使っているだろう主寝室も調べてみたら、そっちからも胸くそ悪い物がでてきた。ゴミ箱の中身も確認して、写真を撮ってからリビングに行く。

その頃には、悠羽の片付けもだいぶ進んでいた。

出ていくとはいっても、引っ越しとは少し違う。大きい家具は持って行けないので、それほど大変な作業ではないのだ。一時間くらいで、必要なものはあらかた整理できたらしい。

「六郎はなにやってたの？」

「空き巣」

「え？」

「金目の物があったら持ってこうと思ったけど、なんもなくてがっかりだ」

「悠羽ちゃん、こいつ嘘ついてるってわかるでしょ」

ぽんと圭次が肩を叩いてくる。余計な真似《まね》を。

「お前は知らなくていい。いつも通り、ろくでもないことだから」

訝《いぶか》しげにする悠羽に、答えないぞと視線で伝える。

不承不承《ふしょうぶしょう》ながら彼女は頷くと、

「これが最後の箱」

と言って、さほど大きくないものを指さした。

玄関に置いてあるぶんも確認する。あとは四人で一回降りれば、余裕で運び出せる量だ。

「圭次と奈子さんは、先に降りててくれるか？　すぐに俺たちも行くから」

頷いて、二人はすぐに家から出ていった。本当に、後でなにかお礼をしないといけない。圭次は肉でいいとして、奈子さんはなにがいいんだろうか。

「私はなにかやることあるの？」

「俺と一緒にいるって書いてほしいんだ。それがないと、警察が動くかもしれん」

「わかった」

メモ帳を一枚破って、ボールペンと一緒に渡す。

リビングのテーブルで、さらさらと悠羽が手を動かす。

『六郎と一緒にいます』

「これでいいの？」

「おう」

ボールペンを受け取って、その下に俺の電話番号を書き加える。これでやることは全部やった。目立つ場所に置いて、家を出る。鍵を閉めるのは忘れずに。俺以外の悪人が入ると困るのでね。

外はまだ強い雨が降っていた。空はどんよりと暗い。真っ昼間だというのに、街灯は煌々《こうこう》と光っている。

エレベーターで下に降りて、抱えた荷物を車に詰め込む。

圭次に合図して、車に乗り込む。エンジンを入れて出発すると、後ろに圭次たちの車が追従する。一つ目の信号に捕まったところで、悠羽が口を開いた。

「六郎は、いろんなことを隠してるよね」

「まさか。俺ほどオープンな人間もそういないだろ」

「でも、全部私のためだってわかってるから」

完全に無視されてしまった。酷い扱いだ。

仕方なく口を閉じて、ハンドルに体重をかける。まだ信号は変わらない。大通りに合流するから、赤の時間が長いのだ。

「いつか、もういいかなって思ったら……教えてよ。そうじゃないと、私はちゃんとお礼が言えないから」

「礼なんかいらない。俺が勝手にやってるだけだ」

「それを決めるのは、私でしょ」

「…………」

まったくもってその通りだ。

信号が青になる。ブレーキから足を離して、アクセルを踏む。

いつか俺は、悠羽に伝えるのだろうか。彼女と自分が、血の繋がらない兄妹であることを。

彼女が——であることを。

「わかったよ。考えとく」

こんなに強い雨の中では、先のことなど見通せない。

◇

圭次の親戚《しんせき》に仲介《ちゅうかい》してもらい、引っ越し先に選んだのは２ＬＤＫ。

この間まで暮らしていたワンルームに比べれば圧倒的に高いが、それでも月に七万弱。すぐに入居できるのはありがたかった。

「もろもろの費用を考えると、けっこうしたんじゃねえの」

リビングに入ってすぐ、圭次が目を丸くして言った。

段ボールを運びながら、ため息交じりに答える。

「節約してなかったらやばかった。ほんと、積み重ねって大事なんだなって」

「うおっ、サブが言うと重いな」

「お前もちゃんと貯金はしたほうがいいぞ。いつなにがあるかわかんないから」

「確かに……俺も突然奈子ちゃんと暮らすことになるかもしれない」

戯《ざ》れ言が聞こえたのか、後ろからふわふわ女子が入ってくる。

「どうしたんですか？　圭次さん」

「うわっ、なんでもない。なんでもないからね」

慌《あわ》ててはぐらかす圭次。奈子さんは不思議な顔をしていたが、すぐに悠羽との会話に戻っていった。

「んで、サブはこの後どうするんだ？　まだやることあんだろ」

「ああ、ちょっとな。悪いけど、悠羽連れて三人で昼飯行ってくれないか？　金は渡しておくから」

「いらねーよアホ。お前今、カツカツなんだろ」

「それだと悪いだろ。奈子さんは徹夜までしてんのに」

「こんな状況の親友に奢られるほど、俺だってカス野郎じゃねえのよ。余裕できたら、いくらでも奢らせてやっから」

「悪い……まじで助かる。ありがとう」

「礼なんか言うんじゃねえよ、きもちわりい」

あー、きめえきめえ、と笑いながら圭次は女子二人に声をかける。

「昼飯行こーぜ。悠羽ちゃん、なんか食べたいもんある?」

「あ、えっと……」

「サブはまだ忙しいんだってさ。邪魔しちゃ悪いから、三人で行こう」

軽い調子で喋《しゃべ》りながら、二人を連れ出してくれる。すぐにリビングには一人になって、俺と段ボールだけになる。合鍵なら、車を降りたときに悠羽に渡している。戻ったときに俺がいなくとも、問題なく家に入れるように。

キッチンでインスタントコーヒーを淹《い》れて、部屋に戻る。椅子に深く座って、大きく息を吸った。とりあえず、悠羽を連れてくることはできた。第一段階はクリアだ。

だが、本題はむしろこの後。

現在の俺の収入では、悠羽を養っていくのはかなり厳しい。生きていくことはできるが、新しい服を買ってやったり、友達と遊びに行かせてやることはできないだろう。

それでは意味がないのだ。

彼女から肉親を奪う。たとえろくでなしの親だったとしても、世界でただ二人の存在。気丈《きじょう》に振る舞っても、傷つくことに変わりはない。

あの子は優しいから。

俺のことすら慕《した》ってくれるような、優しい子だから。

喪失《そうしつ》に見合うだけのこれからを、示してやりたい。

そのためなら俺は、悪魔にだって魂《たましい》を売ってやろう。元がクズだ。堕《お》ちたところで大差ない。

空《から》になったコップを机において、パソコンを立ち上げる。

盗んできたものを手元において、それについて調べる。この一年、ネットに関する仕事を増やしてきたおかげで検索は上手くなっている。

おかげで、そう苦労せずに狙《ねら》いのウェブサイトを発見。スクショを撮ってUSBに保存。パソコンの電源を落とし、エコバッグにクリアファイルとUSBを入れる。

家を出てレンタカーを返却し、近くのコンビニに行く。さっきの画像データを印刷。ファイルに入れて店を出る。

ふと、コンビニのガラスに映る自分の顔が見えた。

「――はっ、ひでえ顔」

左右非対称の歪《ゆが》んだ表情が張り付いている。左半分は痛みを堪《こら》えるようにシワが寄って、右半分はやけに落ち着いている。強張《こわば》った筋肉をほぐしてやると、少しはマシになった。

だが、マシになっただけで酷い顔なのは変わりない。

「これから人でも殺すのかね、俺は」

自嘲《じちょう》気味に笑って、近くの喫茶店に入る。

待ちわびた電話がかかってきたのは、それから四時間後だった。

◆

悠羽たちが昼食から帰ると、そこに六郎の姿はなかった。

書き置きはないが、どこに行ったのかは見当がつく。不安が一気にせり上がってきて、家から飛び出しそうになった。

「悠羽ちゃん、どこに行くんですか？」

「六郎のとこ、行かないと……！　嫌な予感がするんです」

奈子に手を摑《つか》まれて、悠羽は足を止める。だが、その目には強い意志が燃えていた。

ここで追いかけなければ、六郎はまた傷ついてしまう。そうしてまた、自分の前から消えてしまうかもしれない。

「それはダメだよ。悠羽ちゃんは、サブの努力を全部無駄にするつもり？」

普段の軽い調子ではない、冷えた男の声。言葉は優しいのに、圭次からはわずかに怒りが感じられた。

「君は知らないと思うけど——いや、実際のところ、俺もほとんど知らないんだけど。あいつはこの家を見つけて契約したり、俺や奈子ちゃんに頭下げたり、知りたくないことを調べまくったり、大人たちに君の力になってくれるようお願いしたり——とにかく、いろんなことをやってきたんだ。

親と子供を引き離すのが簡単なことじゃないってのは、君にもわかるよね。だからあいつは、なるべく問題にならないように、ちゃんと君の安全とか、生活が守れるように頑張ってたんだ。仕事もしながら、たった一人で全部やったんだ。

一人で行ったのも、全部、君のためなんだよ」

「でも、私だって——」

「あいつが命賭《か》けて戦ってるのに、……信じてやらなきゃ、かわいそうだろ」

圭次の顔を見て、悠羽ははっとした。

六郎の親友だというその男は、顔をぐしゃぐしゃにして、必死に涙を堪えていた。言葉が出てこなくなった彼の後を継ぐように、奈子が悠羽の手に触れる。

「悠羽ちゃんを迎えに行くとき、六郎さんの手は震えていました。きっと怖かったんでしょうね。でも、彼はそんな素振りは見せなかった。

私は正直、お二人ほど六郎さんのことを知りませんが……。でも、あの方は強い人です。圭次さんと同じように、強くて優しい、素敵《すてき》な方です」

「ちょっと奈子ちゃん、その流れはマジで、マジで俺泣く……」

年上の男が泣くのを、悠羽は久しぶりに見た。

ありがたいなと思った。こんなに六郎のことを想ってくれる人がいて、こんなに心強いことはない。

「……わかりました。私、待ちます」

悠羽にできることはないと、彼女は認めた。

だけどやっぱり、どうしても一言だけ伝えたくて——

その言葉は、『ゆう』に託《たく》すことにした。

◆◇

少女はスマホを額《ひたい》に当てて、祈るように目を閉じる。

『頑張ってください。』

届いたメッセージを見て、青年は小さく笑った。不意を突かれたような気分だったが、それで張り詰めていたものが解けた。

『はい、頑張ります。』

悠羽だったら送れなかった。六郎だったら受け取れなかった。

『ゆう』だから伝えられた。『サブロー』だったから笑うことができた。

それはなんとも、不思議な気分だった。

◇

喫茶店を出たのは、午後五時半。

雨は止《や》んで、遠くの空には晴れ間も見える。閉じた傘でアスファルトを叩きながら、本日二度目となる帰省を果たす。

二年間一度も戻らなかったのに、まさか一日で二度も訪れることになるとは。一カ月前の自分に、

「お前はまた三条家に踏み込むことになるぞ」

と言ったら、唾《つば》を吐きかけられることだろう。ぶん殴られるかもしれない。

冗談ではなく、それくらい俺にとってここは忌々《いまいま》しい場所だ。

今度は一階でチャイムを鳴らして、招かれて中に入る。もしもの時のために、俺が鍵を持っていることは隠しておきたかった。

玄関の前に立ち、インターフォンを鳴らす。

息が上手く吸えない。肺が縮《ちぢ》こまって、喉《のど》が震える。目を閉じて、一つの言葉を支えにする。

『頑張ってください』

ゆっくりと息を吐いた。全身から熱が抜けていく。

気分は最悪だが、落ち着くことはできた。

ドアが開く。懐かしい顔が二つ。

父親は俺を見るなり、腕を胸ぐらに伸ばしてきた。予想の範囲内なので、左手で押さえる。

ナイスキャッチ。

「ひさしぶり、おとうさん。握手が下手になったね」

荒れた肌《はだ》と、ボサボサの髪の毛、剃《そ》り残しのある髭《ひげ》。二年前よりずっと老け込んだ姿に、時間の残酷さを感じる。

昔から、この人が怖かった。

自分よりずっと力が強く、この家の誰よりも収入のある父親という存在は、自分の命を簡単に脅《おびや》かすことができるから。

だが、こうして対面してみると、そんな印象は受けなかった。

俺は背が伸びて、筋肉もついた。受け止めた左手だって、逃がさない程度には握力もある。

収入だって多くはないが、頼らずとも生きていけるほどにはある。

――なんだ、こんなもんか。

そう思ったら力が抜けて、視野も広がる。微笑む余裕すらできた。

少し後ろで立つ女に、極《きわ》めて紳士的に声をかける。

「おかあさんは、ちょっと綺麗になったかな」

優しくお世辞を言ってあげたのに、どうしてか彼女は顔を引きつらせた。お化けに会ったみたいな顔だ。不思議なこともあるもんだ。

「中に入れてよ。せっかく愛する息子が帰ってきたんだ。話したいこと、沢山あるでしょ？」

左右に目配《めくば》せして、隣の家の存在をアピールする。

世間体《せけんてい》という言葉は知っているらしく、二人は大人しく俺を入れてくれた。

リビングのテーブルに、三人揃《そろ》って座る。四つある辺のうち三つを使って、見事に全員が距離を取る。全員がお互いを避け合う環境なんて、なかなかあるもんじゃない。

もちろん、お茶を淹れる人はいなかった。

空のテーブルに手を載せ、二人を交互に見てから口を開く。

「質問は？」

「悠羽をどこへやったのよ……」

最初に答えたのは女の方だった。

「俺の家にいるよ。心配だったら、後で来るといい」

もっとも、引っ越したから前の家にはいないわけだけど。誰もいない部屋の前で困惑《こんわく》する姿を想像したら、ますます優しい笑顔になってしまう。

ドンッ！　とテーブルが揺れた。

反対側に座っている男が、拳《こぶし》を落としたのだ。

「どういうつもりだ」

「どうって言われてもね。書き置き、見てないの？　これは悠羽の意志だ。俺は急にあいつがうちに来て、困ってるんだよ。思春期の家出ってやつ？　ま、親としちゃ不安だろうからさ、話は俺が聞くってことで電話番号書いといたけど」

日頃の訓練のおかげで、嘘ならいくらでも出てくる。機械油いらずの詭弁《きべん》マシーン。

「嘘をつくな。お前がなにか吹き込んだんだろう」

「また人聞きの悪いことを。俺はまだ、おとうさんが精神ズタボロになって酒に頼るしかない状態だってことなんか教えてないよ。まして、物を壊してストレス解消してる——なんてこともね」

ポケットの中から、一枚目の切り札をきる。光沢紙に印刷されたのは、荒れ果てた部屋の写真。

男は目を見開いて固まった。女はついていけず、キョロキョロしている。

「大丈夫だよ、おかあさんにもわかるよう、優しい俺は準備してきたから」

印刷したのは三枚。二人に配って、もう一枚は俺の手に。

「割れた酒瓶《さかびん》に散乱したゴミ、破れたカーテン、染みのついた布団、この椅子なんかひしゃげてるよ。よっぽど強く蹴飛《けと》ばしたのかな」

男はギリギリと歯軋《はぎし》りして、拳を強く握りしめている。

「どっちが悠羽を連れて行くかで争ってるって聞いたんだけど、こんな危険な人と、か弱い女の子を一緒に住ませることを裁判所は許してくれるのかな。俺は法律に詳《くわ》しくないから全然わかんないんだけど、ねえ、どうなのかなぁ。大学卒業して、立派な人生を歩んでる、頭のいいおとうさんならわかるよね」

テーブルを人差し指でコンコン叩いて、返事を急《せ》かす。限界までストレスを与える。

ここまで俺が男の方ばかり攻撃するのを見て、女は安心したらしい。両目に涙をため、ファンタジーな言葉を口にする。

「やっぱり、六郎はお母さんの味方なのね」

「もちろん。おかあさんは高校時代、毎日弁当を作ってくれたりしたもんね。一度だけじゃなく、二度も不倫《ふりん》しちゃうような学習能力のない人だとしても、俺はおかあさんの味方だよ」

だから俺もファンタジー構文で返してやった。一発で理解できなくて、女は目をしばたたかせる。刃《やいば》が突然自分に向いたことに、よほど動揺しているらしい。

いいねその表情。ワクワクする。

「なに言ってるの六郎。……そんなでたらめ言って」

「でたらめかあ。じゃあ、下着の中に隠してある箱をここに持ってきてよ。その中身を見てから話し合おう。みんなで一緒に家族会議だ。せっかくだし、悠羽も呼んどく？」

「――ひっ」

話しながら、二つ目の切り札をきる。

指先につまんで、二人に見えるように掲《かか》げたのは――パールのイヤリング。

「おかあさん、パートで働いてるんでしょ。週に四回、ちょっと離れたスーパーでレジ打ち。あそこの時給から計算すると、一カ月の収入はざっくり10万ちょい。さて、このイヤリングはおいくらでしょう。なんと8万円するらしいです。離婚寸前まで話が進んで、おそらく生活費も出してもらえない状態の人が、どうやってこんなものを手に入れているんだろうね。世の中ってのは不思議だね」

部屋に充満していた甘い匂い。年を取って、離婚の話で大変なはずなのに、なぜか前より綺麗になった姿。不自然なほど高価なプレゼント。

男と女、両方を見てから、核心に触れる。

俺がずっと隠していた真実。小牧寧音にさえ言わなかったこと。

俺が悠羽に、この家の歪《いびつ》さを言えないでいる一番の理由。

「俺はおかあさんの養子で、おとうさんとはなんの縁もない。だから疎《うと》まれて、居場所がなくなって、今のこれだ。悠羽は——あんたらの不倫で産まれた。

不倫なんて現代じゃ当たり前？　どこでもあること？　ああ、わかるよ。わかるさ。でもな、悠羽は傷つくんだよ。あの子は優しいから、あの子が見てる世界は綺麗だから、傷つくんだ。せめて隠してくれりゃよかった。家族ごっこを続けてくれれば、俺はいなくたってよかった。でも、それすらできないなら——」

息を吸う。目を見開く。

「——悠羽に触るんじゃねえ。汚いもんを見せるんじゃねえ。てめえらみたいな人間未満が、あいつの親を名乗るんじゃねえ！」

全力でテーブルを殴った。手の皮が割けて血が流れて、床に滴《したた》り落ちる。

俺にとって、この男は三人目の父親だ。一人は血の繋がった親。二人目は、俺を養子に引き取った親。三人目が——この、母親が不倫して悠羽を授かった男だ。

悠羽に罪はない。

だが、その生まれはあまりにも闇《やみ》が深い。

そのことが、俺はなにより許せない。

立ち上がって見下ろす。もはや、軽蔑《けいべつ》は隠す必要もない。

「あんたらに選ばせてやる。今この場でさらけ出したこと、すべて悠羽に伝えてこの家に戻すか。悠羽を帰さない代わりに、あんたらのことは黙っておいてやるか。その場合は、毎月10万。俺の口座に振り込め。それくらい当然だよな、だって〝血の繋がった親〟なんだから」

「「…………」」

馬鹿《ばか》二人は馬鹿みたいに黙っていた。

先生に叱《しか》られた小学生みたいにテーブルと睨めっこだ。テーブルになにか面白いことでも書いてあるのかな？

三分待ってもなにもないので、大げさにため息を吐く。

「そっか。じゃあいいや、悠羽には伝えとく。『お前には金を払うような価値なんてない』ってさ。それでいいだろ？」

「払ってやる……」

「ん？」

「払ってやると言ったんだ。月10万。これで満足か？」

「聞こえないいな」

「お前……」

「立場をわきまえろよ。社会ってのは、上下関係が大事なんだろ」

それでついに、限界が来たらしい。なにかが切れる音が、はっきりと聞こえた。

男は立ち上がって、首を絞《し》めようと両手を伸ばしてくる。女の悲鳴が上がる。

ダンッ、と鈍い音が響いた。

「いい加減わかれよ。……あんたはもう、俺には勝てないんだ。暴力での支配ってのは、期間限定なんだよ」

胸ぐらを摑んで、壁に押しつけられているのは俺ではない。襲《おそ》いかかった男のほうだ。

「三回目は殴る」

「……はなせ…………」

ゴミのように解放してやる。

「まあいいや、話は伝わったみたいだし。はいこれ、俺の口座だから、月末までに翌月分を支払うように」

座ったまま動かない女にメモを渡して、もう一度笑顔を見せてやる。

「じゃあ、なんかあったらまた来るから。元気で仲良くやんなよ」

俺が家を出るまで、彼らはなんの音も発さなかった。

エレベーターの鏡に映る、殺伐《さつばつ》とした表情の男。右手の血はすぐに固まったが、けっこうグロい。

こんな姿は、悠羽には見せられないな。

「……くそが」

重いため息を吐き出した。笑えるはずがなかった。

マンションを出たら、雨が顔に当たった。それでようやく、思い出す。

「傘忘れた」

取りに戻る気力は、当然ない。

足下がふらつく。やっと一段落ついたからか、体がずっしりと重い。雨が全身に降りかかって、もう歩くのをやめてしまいたい。

このまま道に倒れて、いっそ死んでしまいたいとすら思う。

思い出すほどに、自分の最低さが嫌になる。こんな方法でしか生きていけない俺に、価値なんてあるのだろうか。

「だめだ」

こんなに苦しいのは久しぶりだ。でも、経験がないわけじゃない。冷静になれば、まだ生きる理由なんていくつもある。俺の価値なんて、誰かが勝手につけてくれるさ。

でも、さすがにもう頑張れそうにはないから。


悠羽に会いたい。

その一心で、雨の中を歩く。

◇

玄関を開けると、優しい卵の匂いがした。それに続いて、ハヤシライスの香ばしい匂い。

思えば、今日は朝からまともなものを食べていない。緊張していたから、食欲も仕事をしていなかったらしい。

靴を脱いで中に入ると、リビングの扉が開く。

逆光でよく見えないが、悠羽で間違いないだろう。圭次たちの靴は既になかった。

「おかえり」

「ただいま」

「ご飯作ったから食べる？　六郎の好きなオムライスなんだけど、あんまり形綺麗じゃないけど、ええっと、それでもいいなら食べてほしいっていうか——あれ。びしょ濡《ぬ》れじゃん！」

「元気かよ」

ぶつぶつなにかを言っていたかと思えば、急に大きな声を上げる。おかしくて、喉の奥から笑いが漏れた。

「お前、ほんと面白いな」

「な、笑うな！」

「傘はちょっと旅に出ちゃってさ。帰りは手ぶらだったんだ」

「意味わかんないこと言わないでよ。ほんと六郎は嘘ばっかりなんだから。……ほら、今お風呂入れるから。拭《ふ》いちゃって」

ぱたぱた走って、洗面所からタオルが投げられる。受け取って、それをまじまじと見つめてしまう。

手の中にある白い布が、やけに温かい。

言わなきゃいけないことは、たぶん沢山ある。どんなことがあったか、話せる範囲で説明しないといけないだろう。

だけど、その前に。

「なあ、悠羽」

「なにー」

「ただいま」

「さっきも言ったじゃん。変なの」

すっと目を細めておかしそうに笑い、そのまま続ける。

「おかえり、六郎」

この瞬間が嘘ではないと、確かめたかった。

第4話　愚者の一手

その日、悠羽《ゆうは》はいつもよりずっと早く起きた。

朝の五時。街が動き出す前の、静かな時間だ。

昨日から住み始めた家は、まだ少し落ち着かない。窓を開けて光を取り込む。大きく伸びをして、部屋から出る。顔を洗い、歯を磨《みが》いて寝癖《ねぐせ》を直す。部屋に戻ってパジャマから制服に着替えると、エプロンを上から着て、キッチンへ。

仕事が忙しい兄のために、朝ご飯の準備をしようという、悠羽なりの気遣《きづか》いであった。

昨晩のオムライスは好評で、崩《くず》れた玉子も六郎《ろくろう》は気にしていないようだった。

もっとも、あれは奈子《なこ》に手伝ってもらったから上手《うま》くいっただけで、悠羽の実力とは言い難いが。

「練習すれば、これくらいはできるようになりますよ」

という奈子の言葉を信じるしかない。とにかく、キッチンに立つ回数を増やそうというのが当面の目標であった。

それに、朝から難しいものを作るつもりはない。

サラダとスープ、それに食パンを焼くだけだ。ややぎこちなくはあるが、包丁も問題なく使える。火の扱いだって気をつければそれなりだ。ただちょっと必要な食材を勘違《かんちが》いしたりするので、注意して取りかからねばならない。

キャベツ、ジャガイモ、ニンジンを切って沸騰《ふっとう》したお湯に入れる。味付けはコンソメ。

「美味《おい》しくしようと欲張らない……」

隠し味を加えたくなる気持ちは雑念だ、と奈子が言っていた。料理人は、その誘惑に打ち克《か》たねばならないのである。特に未熟なシェフは。

サラダはシンプルにレタスとトマトを切って、ドレッシングと一緒に出す。これだけで食卓の彩《いろど》りになるのだから、生野菜《なま》は偉大だ。

やることは簡単だが、なにぶん経験が浅いので手間《てま》取《ど》ることも多い。何しろ、まだ食器や調理器具の位置さえ把握《はあく》し切れていない。

そんなわけで、サラダとスープが完成したのは、悠羽が起床してから一時間半後。午前六時三十分となってしまった。

早起きしていなかったら、大遅刻確定である。

食パンを焼きつつ、リビングの右奥にある六郎の部屋をノックする。

「ろくろー。もうすぐご飯できるけど、そろそろ起きる？」

「ただいま」

「ひゃう！」

パッと振り向くと、なぜか六郎はリビングの入り口に立っていた。悠羽のいる場所とは真逆である。おまけに着替えもすませ、一仕事終えたような顔をしていた。

「い、いつの間に起きてたの？」

「さっきの声はなんだよ」

「そんなのはどうでもいいの！　いつ、起きたか、言え！」

恥《は》ずかしい叫び声を出してしまったことを、顔を真っ赤にしてはぐらかそうとする。

六郎は「えぇ……」と困り顔をして頭を掻《か》くと、ひゃう、の件に関しては忘れることにしたらしい。

「新聞配達やってるんだよ。だから朝は早いんだ」

「知らなかった」

「言ってなかったからな。手洗ってくる」

若干《じゃっかん》ふらつく足取りで、洗面所へ向かっていく。昨日大変なことがあったのに、もう今日は仕事をしなければならない。六郎の抱えているものの重さを知るたびに、悠羽は胸が締めつけられる心地がする。

だが、彼女にできることは少ないことも知っている。昨日というたった一日の間に、嫌というほど思い知らされた。

だからせめて——

細い指で、制服のリボンに触れる。

その動きに、戻ってきた六郎が気がついて首を傾《かし》げた。

「なんで制服なんか着てるんだ？　服なら持ってきただろ」

「学校に……」

「ん」

「学校に、行こうと思う……ます」

「思うます？」

痛恨の言い間違え。それを見逃してくれるような紳士的な性格を、目の前の男はしていなかった。純真無垢《むく》な瞳《ひとみ》で、面白《おもしろ》いオモチャを見つけたように首を傾げる六郎。キレる悠羽。

「そこじゃないでしょ！　学校に、行くって言ってるの！　すぐ茶化すバカ、アホ、最低！」

「茶化すます」

「ばかぁ！」

「ごめんごめん、ちょっとふざけすぎた」

頬《ほお》をぷくーっと膨《ふく》らませた悠羽を、両手でなだめる。

「学校行く上に朝飯《あさめし》まで作ったのかよ。お前、急にそんな頑張って大丈夫か？」

「全然こんなの頑張ってるに入んないし」

「ええ……」

一念発起《いちねんほっき》した悠羽の姿に、置いてけぼりの六郎。余裕ぶってはいるが、さっきから眉間《みけん》にしわが寄っている。なにがあったのかと、必死に考えている証拠だ。

「まあ、わかったよ。頑張るなら応援する。ところで、歩いて行くのか？　前の家より遠いぞ」

「うあ」

「また変な声を……」

「変な声って言うな！　いきなり驚かせてくる六郎が悪いんでしょ」

「通学手段聞かれたくらいで驚くなよ」

「正論嫌い」

「お前は俺か」

耳を塞《ふさ》ぐ悠羽に、六郎はやれやれと首を横に振る。玄関に行ってなにかを探し、リビングに戻ってきた。

「ほれ、自転車の鍵《かぎ》」

「……ありがと。持ってたんだ、自転車」

「最近買った。この家、スーパーからちょっと遠いからな。飯食ったらサドル合わせるから、ちゃんと他の準備もしろよ」

「はーい」

そういえばまだ、教科書の準備もしていない。あとはなにがあったか……考え込む悠羽の目の前で、六郎はふと顔をしかめた。

「なんか、焦《こ》げてね？」

「あっ、パン焼いてたの忘れてた！」

やっぱりいきなり、そう上手くはいってくれないらしい。

ドタバタ準備する悠羽を、六郎も必死になって手伝った。忙《せわ》しない朝の風景は、どこにでもある普通の家庭のようで。

少しの不安と、大きな決意を抱いて新しい一日が始まる。

◆

悠羽の通う高校は、一学年に二四〇名が在籍している。これだけの人数ともなると、朝の混《こ》んだ正門前で知り合いを見つけることは困難だ。

そういうわけで、久しぶりの学校は完全なるアウェーだった。知っている人が誰もいない、別の高校に転校したような気がする。

これだけ休んでおいて、卒業することはできるのだろうか。とか、変な噂《うわさ》を立てられやしないだろうか。などという嫌な予感が頭にへばりつく。

駐輪場に自転車を置いて、鞄《かばん》を抱きしめ、縮《ちぢ》こまるように昇降口へ歩いて行く。

その途中で、巨大な影が目の前に立ちはだかった。

「おはよう」

野太い声だった。棘《とげ》はないが、大地を揺らすほどの迫力がある。

顔を上げると、そこにいたのは生徒指導の教師——熊谷《くまがい》だ。集会のときよく見るので、悠羽も名前を覚えていた。

（終わった）

内心で絶望しながらも、深く頭を下げる。

「おはようございます」

「このまま進路指導室に来なさい」

「はい」

学校を無断で一カ月以上も欠席。どれだけ怒られることになるだろうか。

いや、怒られるのは構わない。一番辛《つら》いのは、「もう卒業できない」と告げられることだ。

熊谷の後ろを歩きながら、悠羽はひたすらに願い続けた。

◇

――お願いします熊谷先生。俺の妹を、悠羽を助けてやってほしいんです。

ベランダに出ると、遠くの方に高校が見える。

悠羽が通っているのは、かつて俺も通っていた場所だ。卒業して三年目になるが、それでもまだ、当時の先生は何人か残っている。

熊谷先生は、俺が進学を諦《あきら》めたとき、俺よりもそのことを悔《くや》しがってくれた人だ。

大丈夫。あの人は、必ずお前の力になってくれる。

「頑張れ、悠羽」

まだ間に合う。

お前はまだなにも、終わってないんだから。

◇

「ちくしょう……俺の『毎日ドキドキ！　エチエチお姉さんと同棲《どうせい》計画！』が…………」

昼頃になって、前の家にはなかったリビングで一人崩れ落ちる。

朝の忙しい時間帯を乗り切って、ふとした瞬間に気がついてしまったのだ。

悠羽と暮らすこの家には、女を連れ込むことができないことに。夢に見た巨乳お姉さんとのドエロい日常は、夢のまま消えてしまったことに。

今となってはもう、マッチングアプリもホーム画面の飾りでしかない。

「こんな思いをするなら……金なんて払いたくなかったたっ」

フローリングに手をついて、一人悲しくうなだれる。

一カ月三千円のアプリに、つぎ込んだのは九千円。たっぷり三カ月ぶんである。四月に始めたから、まだ一カ月は残っている。

『それくらいの期間がないと、彼女はできないよ！』とアプリの最初に書いてあったせいだ。

月数が多くなるほどお得になるのもよくない。完全にやられた。

「義理の妹と途中で暮らすことになる場合も考えてくれよ、運営……」

口に出してみるとバカらしい。誰がそんな可能性を考えるというのだ。一歩間違えてSNSに書き込んだら、大炎上して住所まで晒《さら》しあげられる。

まあ、そもそも俺はエチエチお姉さんとマッチングしたことないんですけどね。

いやほんと、よかった。エチエチお姉さんに見つかる前でよかった。じゃなかったら俺、悠羽がヤバくてもなんもできなかったからね。

……泣きてえよ、俺。

いろんな方面に消えない傷を負いながら、立ち上がってキッチンへ。今日も今日とて安いインスタントラーメンを茹《ゆ》でる。

晩飯は悠羽もいるから、まともなものを作らないとな。……まあ、あいつが作ってくれるのかもしれないけど。

完成したラーメンを腹に入れて、皿を洗い、部屋に戻る。

いつもならしばらく休憩《きゅうけい》しているが、今日からはそうもいかない。ノートパソコンをどけて、スペースを作る。

机の上にテキストを置いて、新品のノートを広げる。高校を出てからは、めっきり出番の減ったシャーペンを指で揺らす。

毎月十万が送られてくることになって、ひとまず家計は安定するだろう。

……というのは、希望的観測だ。

ふっかけてぶんどったはいいが、あの様子じゃ体を壊すのも時間の問題だろう。悠羽に諦めがついて、送金が不意に途絶える可能性だってある。

最短で二カ月、長くても半年。そんなところか。

そこから先は、俺が一人で支えないといけない。二人分の人生を。

「お先真っ暗だな、相変わらず」

果てのない不安や絶望は、どこまでいけば晴れるのだろうか。考えるほどに、進む気力が削《そ》がれていく。無力感が全身を包み込む。

乾いた笑いが漏《も》れた。

いつもなら、この段階で諦めていただろう。ただ嵐が過ぎるのを待つように、全《すべ》てを受け容れて耐え忍ぶ。

けれどもう、俺は一人じゃない。

頑張ろう。

◆

時間は少し遡《さかのぼ》って、場所は進路指導室。

剣道部の顧問《こもん》もやっている巨漢の熊谷を正面に、悠羽はこれでもかというほど縮こまっていた。

圧《あつ》のある筋骨隆々《きんこつりゆうりゆう》な体、武人のような強面《こわもて》、地面を揺らすような低い声。その恐ろしさは、一キロ先の赤子を泣かすことすらあるという。

その巨漢が口を開き、地鳴りのように呟《つぶや》く。

「俺は、悔しい」

「……はい」

意味もわからずに悠羽は返事をした。

「三条《さんじよう》――君の兄は、優秀な生徒だった。これまでいろいろな生徒を見てきたが、あれほど見所のある子供は滅多《めつた》に会えるものではない」

「えっと……あの」

「どうした」

「六郎から、なにか言われたんですか？」

熊谷はピタッと固まると、途端《とたん》にその動きが不自然になった。

「なにも言われてなどいない。そもそもこれだけの生徒がいる学校で、卒業して二年経《た》ち、実力があるのに有名大学に進学せず、就職もせずいるやつなど知らん！」

「さっきすごい褒《ほ》めてましたよね!?」

「ぐっ……」

びっくりするほどよく知っている。下手をすれば、いや、下手をしなくても、六郎の二年間については彼の方が詳《くわ》しいだろう。

熊谷先生は渋い顔をすると、声を潜《ひそ》める。無意識のうちに、悠羽も内緒話を聞くような姿勢になる。

「ここだけの話、君の力になるよう頼まれている」

「……私、まだなんとかなるんですか」

六郎が手を回していることは、ここまでの流れで察していた。だから、驚いたのは熊谷の口ぶりに対してだ。

大男はどっしりとした態度で頷《うなず》く。

「余裕はないが、卒業できないほどじゃない。勉強の遅れは、俺が見てやろう。といっても英語だけだが、他の教科の先生にも話はできる」

「よかった……」

安堵《あんど》がどっと襲《おそ》ってきて、深く深く息を吐いた。

「いい兄を持ったな」

悠羽は首を縦《たて》に振る。

「………はい」

悠羽は唇《くちびる》をギュッと噛《か》んで、零《こぼ》れそうなものを抑え込んだ。

また、六郎だ。

どうして。

どうして彼は、こんなにも自分を大切にしてくれるのだろう。わからなくて、ただ温かくて、簡単に泣いてしまいそうになる。

大きく息を吸って、せり上がってきたものを押し戻す。まだ震える声で、力強く少女は言った。

「私、頑張ります。よろしくお願いします」

目の前の大男が怖いとは、もう思わなかった。

六郎が熊谷に英語の質問をするようになったのは、二年に上がってすぐのことだった。

授業を持っていたわけではなかったし、そもそも熊谷に話しかける生徒は少なかった。だから最初は、「人違いをしているのではないだろうか」と勘《かん》ぐったものだ。

だが、六郎は「熊谷先生って、英語教師ですよね」と聞いてきた。

「どうして俺なんだ。先生なら、他にもいるだろう」

「一番わかりやすいの、熊谷先生なんですよね。この間、代わりにうちのクラスで授業やってくれたじゃないですか。あの時にそう思ったんです」

「そうか……」

そんなことを言われるのは初めてだ。熊谷は半《なか》ば呆気《あっけ》にとられながら、六郎の言い分に納得した。

自分の受け持った生徒が、他の教師に質問するのは見たことがある。だが、その逆が起こるとは想像していなかった。見た目に圧のある彼は、生徒からずっと避けられ続けていたのだ。

「で、なにが知りたい」

「長文読解なんですけど……ここの指示語がなにを指してるのかわからなくて」

「もう過去問に手を出しているのか」

「……やっぱり、もっと基礎をやった方がいいですかね」

気まずそうに目を逸《そ》らす少年に、熊谷は尋《たず》ねた。

「前回のテスト、順位は」

「英語は七位です」

「なら問題ないだろう。うちの学校でそれなら、十分基礎力はある。今のうちから難問に触れておくのはいいことだ」

面白い生徒だと思った。

俗《ぞく》にガリ勉と呼ばれる子供なら、いくらでも知っている。六郎より勉強のできる面々は、典《てん》型《けい》的なそれであった。

彼らは幼《おさな》い頃から勉強する習慣を身につけさせられている。だが、六郎は違う。話しているうちに、勉強を始めたのは中学三年からだと判明したのだ。塾に行ったことは一度もなく、勉強の進め方も自分で考えているという。

さらに珍《めずら》しかったのは、彼が順位をさほど気にしていなかったことだ。さすがに一位をとったときは喜んでいたが、それも他の生徒に比べればわずかなものだ。

「勉強って、生きる手段として優秀だと思うんです」

いつだったか、六郎はそう言っていた。

他の生徒が順位争いや、色恋沙《ざ》汰《た》に時間をつぎ込んでいる十七歳の時期に、その少年は自分が生きる方法を求めていた。

こういう人間が大成するのだろうな。

いつしか熊谷は、六郎に対して並々ならぬ期待を寄せるようになった。

二人は師弟《してい》のような関係で、進学先についても早い段階から話し合っていた。着実に成績を伸ばしていくのが、自分のことのように嬉《うれ》しかった。

三年になって、志望校への合格もほぼ確実と言われ、職員室でもたびたび六郎の話題が上がるようになった。六郎を見てか、熊谷に質問する生徒も増えた。

すべてが順調だと、そう思っていた。

「俺、大学行けなくなりました」

忘れもしない、十二月。一次試験を目前にしたある日、熊谷と教え子の道は途絶《とだ》えた。

やけに大人びた顔で、半笑いを浮かべ、六郎は言ったのだ。

悲しさを通り越して、もはや笑うしかないのだと、意志の消えた瞳が語っていた。

あれほど悔しかったことは、人生でも数えるほどしかない。少なくとも、自分以外のことであんなに耐えがたい苦痛を味わったのは初めてだ。

「すいません。よくしてもらったのに、全部無駄にして」

「無駄なんかじゃない」

綺麗事《きれいごと》だとわかっていた。けれど、熊谷は必死に絞《しぼ》り出した。

「お前の努力は、なにひとつ無駄じゃない。いつか必ず、力になる時がくる」

だから、謝らないでくれと。

懇願《こんがん》するように言う熊谷に、やはり六郎は微笑《ほほえ》むだけだった。泣くことなど、とうの昔にやめてしまったのだろう。涙が意味をなさないのが、彼の人生だったのだろう。

だから――

再び六郎が彼の前に現れたとき、その願いを叶《かな》えようと思った。

悠羽のことは二つ返事で了承した。生徒指導という立場もあって、不登校の生徒と接するのは容易だ。熊谷はこの高校に在籍している期間も長いから、他の先生にも話を通しやすい。

彼の願いは、それだけだと思っていた。

だが、違った。

六郎はもう一つ、熊谷に頼んだことがある。

「英語の資格って、仕事取れるやつありますよね。いいのあったら、教えてくれませんか」

二年前に手放した努力を、再び拾い上げようとしていた。それで生きていくのだと、はっきりした意志があった。

いつかは今なのだと、そうであってくれと、熊谷は願う。

◇

夕刊の配達を終えて、帰路につく途中。少し寄り道をして、ケーキ屋に入った。

スーパーの中にある、デカ頭女の子が目印のチェーン店。ケーキといえば、昔からここだ。

いつもならケーキなんて買わないが……今日くらいはいいだろう。

ショーケースの中を見ながら、どれがいいのか考える。定番ならショートケーキかチーズケーキ、あるいはモンブランあたりだ。抹茶《まっちゃ》あずきケーキ、なんてのも美味しそうではある。

正直俺はどれでもいいのだが、悠羽はどれがいいんだ？

二個買うから、そのどっちかで当たりを引けばいいわけだが……。どうしようか。

悠羽の好みはだいたい覚えている。だが、甘い物に関しては話が変わってくる。

世の女子の大半がそうであるように、悠羽も甘党であり、『甘ければだいたい好き』という極大の守備範囲を持っているのだ。

ここにあるケーキなら、基本的にどれを選んでも喜びはする。

ゆえに、難しい。

なんでもいいよが一番嫌だとは聞くが、それはマジだ。

ごめん悠羽。今日の晩飯「なんでもいいぞ」とか言っちゃって。本当に反省しています。

いやほんと……どうしよ、これ。

「あれ、六郎だ。なにやってるの」

「げ」

「げってなんだ、げって」

後ろから声をかけてきたのは、学校帰りの悠羽。夏用の涼《すず》しげな半袖《はんそで》シャツに、軽いスカート、ワインレッドのリボン。肩から学校のバッグを提《さ》げて、手には膨《ふく》らんだレジ袋を持っている。

俺の反応が気に入らなかったらしく、頬を膨らませてレジ袋をぶつけてきた。

そういえば、買い物してから帰るって言ってたっけ。最寄りのスーパーはここだから、鉢合《はちあ》わせるのも不思議な話ではない。

「ケーキ買うの？」

「買う可能性は高いな」

「なにその言い方」

「買わないという可能性は限りなくゼロに近い」

「喋《しゃべ》り方キモいよ」

「お前っ、その歳《とし》の女が『キモい』とか気軽に言うんじゃねえよ。人の命は儚《はかな》いんだぞ」

「ええ」

意味がわからない、と唇を尖《とが》らせる悠羽。

「いつだって人を傷つけるほうは無自覚なんだ」

「重いって。なんでケーキの話からこんなことになってるの」

指摘《してき》されて思い出す。そういえば今、ケーキを選んでたんだった。

「そうだよ、ケーキ。悠羽はどれがいいいんだ」

「えーっと、うん。どれでもいいよ」

「それだけはやめてくれ……」

悪夢のような返答に頭を抱える。これじゃ無限ループだ。一人で考えていたときから、少しも進んじゃいない。三人いなきゃ文殊《もんじゅ》の知恵は発動できないのか。

眉間を押さえてうめく俺を、悠羽は面白そうに見ている。こいつは鬼か、俺の義妹か。どちらにせよ性格が悪いことは確かだ。

「ふふっ、じゃあこうしようよ。六郎は私のケーキを選ぶ。私が六郎のケーキを選ぶ。どう？　楽しそうでしょ」

「だるいだるいだるい」

「そーいうこと言うからモテないんじゃん！」

「お前、それを言ったらおしまいだろうが！」

「せっかく女の子が楽しい提案してるんだから『はいかYESか喜んで』しか言っちゃだめなんですぅ」

「お前やば」

「やばとか言うな！」

レジ袋を上下に揺らして、ぷんすこお怒り丸の悠羽さん。これで十八歳なんですよ。ほんとに成人なのかな。

「はぁ……まあいいや。それでいこう」

「やったら絶対楽しいんだから」

「ほんとか？」

俺としちゃさっきと状況が一ミリも変わってないんだが。

やけに自信ありげな悠羽も加わって、再びショーウィンドウと向き合う。

真剣な顔でケーキを見つめる悠羽。……と、その視線からなにか情報を得ようとする俺。

「あっ、六郎、ズルしようとしてるでしょ」

「バレたか」

秒で気づかれた。ケーキに集中してたんじゃないのかよ。

「後ろ見てて」

「なにこれ。俺たちはなにをしてるんだ?」

「楽しいでしょ」

「いやべつに」

「楽しいの」

思いっきり押し切る悠羽。横綱並みのパワーに負けて、後ろを向く。頭の中で、どれを買おうか再び考える。

後ろで悠羽が店員さんと話している。俺が買ってやる予定だったのに、自分で払ってしまったらしい。そこまでが狙《ねら》いだったのだろうか。

いや、それはさすがに考えすぎか。

「はい、次は六郎の番だよ。私は先に外出てるから」

「荷物。両手塞がってたら危ないだろ」

左手を出して、どれか差し出すように要求する。

悠羽は、

「軽いからいいんだけどね」

と言いつつも、嬉しそうにレジ袋を渡してきた。言葉の通り、大した買い物はしていないらしい。

背を向けて出口に向かう悠羽。

ずっと不思議そうな顔をしている店員さんに申し訳ないと思いながら、やっと決めたケーキを指さす。

自動ドアを出てすぐのところで、悠羽は自転車を準備して待っていた。

「決まった？」

「なんとかな。帰るぞ」

ゆっくり頷いて、並んで歩きだす。

夕暮れでオレンジに染まった街。長く伸びた二つの影。いつか見たような光景を、少しだけ大人になった俺たちは歩く。

「六郎はなんのケーキ買ったの」

「――」

「待った！　やっぱりせーので発表しよ」

「め――」

「面倒《めんどう》くさいって言うな!」

「だ――」

「だるいも禁止!」

「先読みの達人いるって」

　ことごとく俺の否定を否定してくる悠羽。ここまで綺麗に潰《つぶ》されると、一周まわって清々《すがすが》しい。

　普段ならこんな子供じみた遊びはしないのだが、仕方がないので付き合ってやるとしよう。や、別に俺は楽しいとか思ってないっす。

「いくよ」

「おう」

「せーのっ」

「「ショートケーキ」」

　なんとなくそういう気はしていた。悠羽も予想していたのか、満足げににこにこしている。

　手に持った箱を俺に差し出してくる。

「はい、六郎のケーキ」

「交換しても変わらんだろ」

「変わるの。こういうのは気持ちの問題でしょ」

「そういうもんか」

首を傾げながら、中身の変わらない箱を交換する。まあ、悠羽が満足したならいいんだが。

しばらく歩いて、ふと悠羽が聞いてくる。

「そういえば、なんでケーキ買おうと思ったの？」

「今日から頑張らなきゃだろ。俺も、お前も。だから……景気づけみたいな」

「そっか。そうだよね」

納得したように悠羽は頷いて、真っ直《ま》ぐ《す》な目で見つめてくる。

「頑張ろうね、六郎」

「そうだな」

こんなふうに、時々ケーキを買って。

いつかあの店にあるケーキを、二人で全種類食べられたらいいなと思う。

それくらいの贅沢《ぜいたく》を、目指すことにしよう。

◇

正面に座った圭次《けいじ》が、この世の真理に気がついたように重々しく口を開く。

「深淵《しんえん》を覗《のぞ》くとき、深淵もまたこちらを覗いている――とするなら。おっぱいについて考えるとき、おっぱいもまた俺たちのことを考えているのではなかろうか」

「こいつ、そろそろ処分しないと社会に害が出るな」

神聖なる我が家のリビングで、この上なくくだらないことを言いやがって。

カウンターで仕切られたキッチンで、二人分のアイスコーヒーを淹《い》れて持っていく。

テーブルに載《の》せる。コースターなんてものはないので、この時期は結露《けつろ》でびしょびしょになる。

正午を少し過ぎた真っ昼間。平日だというのに大学生は呑気《のんき》なもので、突如《とつじょ》この男は家に押しかけてきた。

「で、なにがあったんだ？」

「奈子ちゃんがぁ」

「帰れ。二度と来るな。ビンゴ大会で参加賞しかもらえなくなれ」

「まだなにも言ってないだろ！」

「奈子さんって時点ですべて察しがつくんだよ！　どーせまたリア充特有の相談風マウンティングが始まるんだろ。俺に相談するのはフラれてからにしろ」

「なんとかしてくれよサブぅ」

情けない声を出して、べたべたと右腕を摑《つか》んでくる成人男性。頼むから夢だと言ってくれ。こんな化物《ばけもの》が俺の親友なんて、未《いま》だに信じられない。

「まったく、俺は未来の猫型ロボットじゃないっつうのに」

恋人と仲直りできる道具なんて、果たしてあっただろうか。悪用すればいけそうなのはいくらでもあるが、ちゃんとしたのは知らない。

「だいたい、圭次が奈子さんみたいな人と付き合えた時点で奇跡だろ。聞いたとこ、アプローチの仕方もストーカーだったみたいだし」

「そうなんだよなぁ。俺ごときが奈子ちゃんの彼氏なんて、ありえないよなぁ……」

「ひとんちでローになるなよ。ただでさえ湿度高いのに、カビ生《は》えるだろ」

「どーせ俺なんて、カビと同類ですよ」

「この家において、リア充の地位はカビより低いぞ」

「この流れで慰《なぐさ》められないことってあんのかよ」

圭次は期待外れだと言わんばかりに、テーブルに突っ伏した。やっぱり、あのネガティブは演技だったらしい。

だらっと起き上がってコーヒーを一口。それから、俺たちの間で必死に首を動かす扇風機を見てぼそり。

「つーか、暑くね」

「言うな。俺だって必死に耐えてるんだ」

六月も終わりに差しかかり、いよいよ夏の暑さが牙《きば》をむき始めている。雨の日が減ったのはいいが、連日気温が三十度近くあるのは苦痛だ。

前の家から愛用している扇風機に加え、悠羽のためにもう一台購入した。だが、それも気晴らしにすぎない。もう少しすれば、エアコンを動かさないといけなくなる。

「つけっぱなしにしとけば、案外安いらしいぜ」

「知ってる。ただな圭次、この家には三つ部屋があるんだ」

「た、確かに……」

日中は仕事、夜は睡眠に使う俺の部屋。

学校から帰ってきて、悠羽が過ごす部屋。

そしてこの、キッチンと繋《つな》がって地味に面積の広いリビング。

そのすべてのエアコンを動かして発生する電気代は、ちょっと考えたくないでござる。拙者《せっしゃ》、誠に嫌でござるよ。

「というわけで、現状、野郎相手にエアコンを使う予定はない」

「お前ってほんと、悠羽ちゃんには甘いよな」

「うるせえな、浮気されろ」

「しれっとエグいこと言うなよ！」

おんおんと泣き真似《まね》をする圭次。まったく、こいつはなにしに来たんだか。

まあ、昼の時間くらいは相手しても仕事に影響はないか。

「なあサブ、昼飯買ってきたから話くらい聞いてくれよ」

「なにを買ってきたかによるな」

前にこの流れでおやつラーメンを出されたことがある。あの時は本気で縁《えん》を切ってやろうかと思った。

「大学の近くにある弁当屋さんのだよ。唐揚《からあ》げとエビフライ、どっちがいい？」

「どっちでも……いや、唐揚げがいい」

先日の反省を活《い》かし、ちゃんと選ぶことにした。聞かれたことには答えよう。

男二人で顔を合わせ、暑い部屋でカロリーの高い弁当を食らう。はたから見れば地獄のような光景だろう。

「奈子ちゃんがさぁ、キスさせてくれないんだよ」

「中学生の悩みかよ……」

まったくと言っていいほど、生産性のない時間だった。

◇

悠羽が帰って来るのは、夕刊の配達を終えてしばらくしてからだ。

ここ最近は、できるだけ学校の自習室で勉強しているらしい。熊谷先生をはじめとする教師陣と一緒に、遅れたぶんを取り戻すため。というのはもちろんだが、自習室のエアコンも目当てにしていると言っていた。

あの学校、進学校だけあって自習環境がいいんだよな。籠《こ》もりたくなるのも頷ける。

そんなわけで、この時間は俺も勉強することにしている。

秋にある試験を目標に、錆《さ》びついた英語力を叩《たた》き直す。全盛期よりもさらに上へ。そうじゃないと、生きていくのには使えない。

扱う参考書は、すべて熊谷先生が譲《ゆず》ってくれた。学校で試供品としてもらい、眠っていたものらしい。

「とっておいても誰も使わんから、三条が使ってやれ」

とのことだった。

こういう参考書は地味に高いから、家計は大助かりだ。

おまけに、熊谷先生が個人的に集めているという、英字新聞までもらえることになった。これから定期的に、悠羽を介《かい》して俺に渡してくれるらしい。

こんなによくしてもらって、いいのだろうか。

そんな疑問が浮かんでくるけれど、きっとあの先生はいいと言うのだろう。

恵まれている。

大変な人生なのは間違いない。けれど、全てに見放されたわけじゃない。

だからまだ、諦められない。

「にしても今日、あっついな……」

集中しようとしても、上手くいかない。いつもの夕方は、もうちょっとマシなのに。

エアコンを使いたいが……。

朝刊の配達をやめたから、あんまり余裕ないんだよなぁ。

悠羽と暮らすことになるから、生活リズムを合わせるために仕事を減らした。もちろん、収入も減る。そのぶんは他で埋めようとしているが、そう簡単にいくものでもない。

危惧《きぐ》はしていたが、さっそく家計のピンチである。

頭の後ろで手を組んで、背もたれに体重をかける。

一人暮らしのときは、欲なんてなにもなかったのに。最近俺は、やけに欲深い。

美味《うま》い飯を食わせてやりたい、快適に生活させてやりたい、可愛《かわい》い服を買ってやりたい、楽しい場所に行かせてやりたい——人並みの幸せを、悠羽に与えたい。

そんな願望が、頭の中を占拠《せんきょ》している。

「ただいまー」

そうこうしているうちに、帰ってきた。参考書を閉じて立ち上がる、リビングに出ると、鞄をだらしなく肩に提げた悠羽が入ってくる。

「おかえり」

「今日暑すぎ」

「晩飯はさっぱりしたのにするか」

「そうしよ。油っこいの食べれる気がしない」

悠羽が自室で片付けをする間に、冷蔵庫の中身を確認する。

ぱっと思いついたものに必要な材料を出していく。材料に不足がないことを確認したところで、悠羽が部屋から出てきた。

「なに作るの」

「冷製パスタ」

「オシャレそう！　ねえ、それどうやって作るの」

途端にテンションを高くして、隣まで小走りで来る。エプロンもつけて、料理する気満々だ。

悠羽は家事全般を、自分の役目だと思っているらしい。掃除も料理も、俺にやらせないように阻止《そし》してくる。別々なのは洗濯物くらいだ。

ありがたいのだが、そんなに頑張らなくてもと思ってしまう。

確かに俺は働いているが、悠羽だって学校に行っているのだ。そういう意味では、対等であるはず。

みたいなことを相談してみたのだが、

「やだ、だめ、無理」

と言って聞かない。代わろうとすると機嫌を崩すので、難しい。

悠羽なりに俺を支えようとしてくれているのだろう。

料理だけは、教えるという名目で手伝いを許されている。だから、夕食前のキッチンには二人で立つことが多い。

「ここに水を張った鍋《なべ》を火にかけ、いつもより塩を多めに入れたものがある。沸騰するまでに野菜を切って、ソースを作るぞ」

「六郎は料理番組のアシスタントとか得意そうだよね」

「仕事があるなら紹介してほしいくらいだ。悠羽の友達に芸能人とかいないの」

「うちみたいな進学校にいるわけないじゃん」

「だよなぁ」

しかもここ、都会じゃないし。そこそこ栄えているだけの、よくわからん街である。生活するぶんには困らないが、娯楽《ごらく》はあまりない。

「今日の学校はどうだった」

「んー、別にって感じ。なにも問題ないよ」

「ならよかった」

「平和が一番だよね」

材料を混ぜてソースを作り、沸騰したらパスタを茹でる。余った時間でサラダを作れば、簡単だが夕食の完成だ。

食べ終わったら、あとはだいたい各自の時間。適当な時間にシャワーを浴びて、勉強したり仕事の残りにかかったり。時間が合えば、二人で動画を見たりもする。

だが、今日はあまりの暑さになにもやる気が起きなかった。

氷を大量に入れた水を飲みながら、リビングでぐったりする。

やばいな今日。寝れないかもしれん。

日が沈んでも、気温が下がる気配は一向にない。風も少ないので、窓を開けても解決しない。

だが……。

一度エアコンの快適さを知ってしまえば、もう二度と戻れなくなる。

忘れもしない、去年の夏。我慢《がまん》できずに使いまくって、とんでもない額を請求された悲劇を。

繰り返すわけにはいかないのだ。

「六郎」

「んー」

「暑い」

「エアコンつけていいって言ってるだろ。つーかつけろ。熱中症になったらどうするんだ」

「でも、六郎はつけてないし」

ものすごく不満そうに、悠羽は言う。

「節約しなきゃいけないなら、私もつけない」

「体壊したら意味ないから、つけろ。もうそんなに学校休めないんだろ」

「…………」

悠羽はつかつか歩いてくると、向かい側に座った。このリビングには、テーブルと椅子《いす》二脚しかない。

彼女は身を乗り出すと、眉間にしわを作って言う。

「おんなじこと、言ってあげようか」

「いいんだよ、俺は。このくらいじゃ倒れん」

「倒れなかったら無理してもいいなんて……そんなのおかしいじゃん」

なにも言い返せなかった。反論を許さない雰囲気《ふんいき》が悠羽にはあったし、なにより彼女の言っていることは正しい。

「そんな優しさ、私は受け取れないよ」

「……ごめん」

「ううん。私も、勝手なこと言ってる」

そこで二人揃《そろ》って言葉が止まってしまった。お互いを思いやることと、自分を犠牲《ぎせい》にすることとは違う。そんなことはわかっている。

ただ、両立できないのが現実なのだ。

「あんまりこういう話はしたくないんだけどな……。金銭的に、動かせるエアコンは一台だけなんだ。来月破産するとかいう話じゃないけど、貯金できないのは不安だろ」

「一つなら動かせるんだね」

「それくらいなら」

悠羽が考え込む。セミロングの髪が、口元でひらひら揺れている。

少しして、目を開いた。なにか思いついたらしい。

「じゃあ、一緒に寝ればいいじゃん」

指をぴんと立てて、これは名案ですと表情が言っている。

「だめ？」

こてっと首を傾げて、悠羽が聞いてくる。

しばらくの間、俺は呆然《ぼうぜん》としていることしかできなかった。

長い動揺と思考の果てに、「ここで断ったら俺たちが義理の兄妹だとバレる」と思って、首を縦に振ることにした。

……一緒に寝る。

なんですか？　一緒に寝るって。

◆

乙女《おとめ》の部屋は進入禁止、リビングは広いから効率よく冷やせない、といった理由で、寝る場所は六郎の部屋になった。

「あんまり場所ないから、並べないと入らないな」

六郎の部屋はそれなりに整頓《せいとん》されていたが、スペースの余りはほとんどなかった。前に暮らしていたワンルームで持っていた私物を、ほとんどここに押し込んでいるためだ。

どうにか距離をとる方法を探したが、そうすると奇怪《きかい》な寝方をしなくてはならなくなる。

「いいじゃん、昔みたいに普通に並べれば」

「いいのかよ」

やはり六郎は、二人で寝ることにうっすら反対らしい。だが、ここで折れれば彼は暑い中で眠ることになる。

正直、落ち着かないのは悠羽も同じであった。それでも、譲れないものはあるのだ。

「もち……もちろん」

「もちもち論？」

「勝手に繋げるな！　一回切ったでしょ」

むすっとする悠羽に、六郎は「悪い悪い」と謝って、観念したように頷く。

「わかった、じゃあこれでいこう」

リモコンを使って、エアコンを動かす。しばしして、冷たい空気が部屋に流れ出した。

二人で顔を見合わせて、それから噛みしめるように言う。

「快適だ」

「ね」

設定温度は高めにして、寝ている間に冷えないようにする。

時刻は夜の十一時。だいぶ眠くなってくる頃合いだ。

悠羽は布団《ふとん》の上に座って、スマホを枕元に置いた。

「それじゃあ、電気消すぞ」

「はーい」

六郎のまったりした声に、なぜか悠羽の心臓は脈を速める。噛まなかったのは、ほとんど奇跡に近い。

途端に暗くなった部屋。隣で、自分より体の大きな男が横になる。タオルケットで体が冷えないようにして背を向ける。

「おやすみ、また明日」

「うん。……おやすみ」

それだけ言うと、六郎はすぐに静かになった。まだ落ち着かない少女の横で、寝息を立て始めるのは数分後のことだった。

自分も眠ろうと思って、悠羽も目を閉じる。だが、いつまで経っても眠れそうにない。

室温は快適だ。疲労も感じる。

だが、気になってしまう。

しばらくすると、暗闇《くらやみ》に目も慣れてきた。掃《は》き出し窓から差し込む月明かりで、だいたいのものは判別できる。

呼吸でわずかに動く、青年の姿も。

体を横にして、悠羽は六郎の背中を見つめた。

二年前、家を出ていくときに見せた背中とは、なにかが違う。

かつての六郎は、今にも擦《す》り切れてしまいそうなほど不安定で、頼りない背中をしていた。

だが、今は違う。どんなにふらついていても、ここにいれば大丈夫だと思える。どんな困難も、彼となら乗り越えられる気がする。

その強さは、一体どこで身につけてきたのだろう。

どれだけの孤独な夜の先に、今の姿があるのだろうか。

「六郎のこと、なんにも知らないね」

小さな声で囁《ささや》く。起こしてしまわないようにそっと手を伸ばして、その背に触れる。

たったそれだけのことで、さっきよりもなにかがわかった気がする。思えば、ちゃんと触れることすら懐《なつ》かしい。

なにも知らない。

それは六郎が、自分のことについてほとんど話さないからだ。自分から話題にすることはないし、聞いてもはぐらかされる。親友だという新田《にった》圭次ですら、知らないことは多いようだ。

この二年間、どこにいたのだろうか。どんな仕事をしてきたのだろう。

そもそも、どうして家を出ることにしたのだろうか。

——違う。

心の中で、悠羽は否定する。

六郎がしたのは、家出ではないことは薄々《うすうす》察していた。

その証拠に、彼が出ていって父と母はなぜか安心して見えた。六郎のことを話題にするのは、あの家ではタブーだった。

もう二度と会えないいんじゃないかと思っていた。

けれど今、手の届く場所に彼はいる。

そのことが、ただ、嬉しい。

「ちゃんと寝てる……よね」

今起きられたら、相当に気まずいことになる。しばらく待って、音を聞く。六郎は相変わらず背を向けたまま。規則正しい寝息を立てている。

気づかれないように、悠羽は六郎のパジャマの裾《すそ》を摑んだ。

眠くなるまではそうしていよう。

寝る前には離して、自分の布団へ戻るのだと。そう決めていた。

もちろん、そんなことはできなかった。

◇

目を覚ますのにアラームを必要としないのは、昔からだった。

どうやら俺は優秀な体内時計を持っているらしく、だいたい狙った時間に起きることができる。この特技は、朝刊配達の頃に役に立った。起床時間が深夜になるあの仕事は、アラームを鳴らせば近所迷惑だ。

基本的になにもない日は、眠ってから七時間で意識が覚醒《かくせい》する。

だからその日も、いつもと同じように、朝6時頃に目を覚ました。

起きればわりとすぐに意識がはっきりするタイプなので、やけに快適な室内も「昨日エアコンつけて寝たからな」となるし、悠羽が隣で寝ていることも忘れていない。

寝ぼけてなにかやらすことはないので、そこは安心だ。

ところで左腕の感覚がないんだけど。これ、なんで？

視界の端に映っている黒いもので、なんとなく理由はわかるが。

……はい、判明。

体ごと揺らして、元凶を起こそうとする。腕はだめだ。完全に痺《しび》れて動かない。

「おい、起きろ悠羽」

やたら顔のいい義理の妹は、勝手に俺の腕をパクって枕にしていた。腕枕ってやつだ。二の腕に頭を乗せて、気持ちよさそうにすうすう寝ている。

そんな状態なので、体の距離も恐ろしく近い。間にタオルケットがなかったらやばかった。世間《せけん》的に。関係的に。その他もろもろの、すべてにおいて。

これって完全にあれじゃん。記憶にないだけで、昨日なんかあったんですか。

一緒に寝るって、一緒に寝るってことだったんですか!?（最低）

「虚《むな》しい……」

朝から一人で続けられるテンションじゃない。

カスみたいな下ネタには、酒と圭次と個室が必要だ。

「たのむー、起きてくれ悠羽。そろそろ腕が死ぬ」

「あと二分……」

「絶対に引き延《の》ばすやつの時間設定！」

「じゃあ五分…………ん？」

むにゃむにゃしていた顔が、急にはっとなる。さっきの会話で、脳が刺激されたか。

悠羽が目を開ける。体勢的に、ものすごい近くに俺の顔もある。いちおう首を使って遠ざけてはいるが、だからなんだという感じだ。

ぱちぱち、と瞬《まばた》きする悠羽。寝起きの顔が、あっという間に赤くなっていく。

「あ……」

次の瞬間、両手で顔を覆《おお》い、悠羽は目にもとまらぬ速度で布団の上を転がった。

「あああああああ――いたっ！」

ゴロロゴロロゴロ――ドンッ！

壁に衝突して停止。そのまま手足をフローリングに投げ出して、ぴくりともしなくなる。

「おーい、大丈夫か」

「うう……六郎のせいでもうお嫁にいけない」

「いや、俺はなんもしてないだろ」

どう考えてもあの体勢は俺からできるもんじゃない。完全に腕をぶんどって、勝手に枕にしたやつがいる。誰だそいつは——悠羽だ。

真犯人さんは、フローリングにうつ伏せになって呻《うめ》いている。

「あうぁぁ……もうやだ、最悪、無理、誰か助けてぇ」

「そんなに後悔するならやるなよ」

「違う、違うもん！　そう、六郎の寝相《ねぞう》が悪いせいだ！」

なにを思ったか、ぱっと顔を上げて一転攻勢。言ってることが意味不明なのは、寝起きのせいだと信じたい。

「なに言ってんだお前」

「うぅ……」

真っ正面からたたき落とすと、悠羽はがっくりとうなだれた。

見てられないな。

「まったく、寝相が悪いにもほどがあるぞ。気をつけろよ」

「……はーい」

ちなみに悠羽はまったく寝相が悪くない。これは昔の情報なので、現在は定かではないが。

あの不満そうな返事を見るに、本来悪いわけではないのだろう。

だが、今日は悪いことにしよう。そうしよう。そうじゃないと、俺も困る。

俺の助け船に乗って、不服そうに少女は頭を下げた。

「今日だけはちょっと寝相悪かったみたい、ごめん」

「おう」

俺、優しすぎ。

第5話

勇気の一歩

六月が終わり、カレンダーは七月を示す。

季節は夏。学生たちは来たる長期休暇《きゅうか》に向けて、最後の気力を振り絞《しぼ》る。

進学校の三年生たちは、この時期から本格的に志望校を固めていく。

本当に行きたい『第一志望』、実力的になんとかなりそうな『第二志望』、最悪ここで妥協《だきょう》ができる『第三志望』くらいまでは決める時期だ。

八月には学校の補講と塾の夏期講習に打ち込み、極限まで自分を追い込んでいく。

そんな中、悠羽《ゆうは》は周りの生徒とは違う方向に進もうとしていた。

◆

「アルバイトをしたい……か」

進路指導室の一角。小さなソファが置かれたスペースにて、悠羽は熊谷《くまがい》と向かい合っていた。英語の指導はもちろんのこと、学校生活や家での生活についても、彼は気にかけてくれていた。生徒指導で剣道部顧問《こもん》、と聞けば堅物《かたぶつ》のようだが、実際に話してみるとなかなかに融通《ゆうずう》の利《き》く相手だ。

それに加えて世話焼きである。普段生徒から頼られない反動からか、頼られたときの面倒見《めんどうみ》の良さは半端ではない。そんな彼だから、原則アルバイト禁止の進学校にて、出席日数ギリギリの悠羽が「アルバイトをしたい」と言い出しても即却下しなかったのである。

他の教師なら、今頃顔を真っ赤にして「自分の立場がわかってるのか！」と怒鳴りつけているところだ。

だが、熊谷は彼女らの置かれている状況を理解している。

「他の先生方に掛け合って、許可を出すことはできる……が。それだけだと反感を買いかねないのはわかるな」

「はい」

悠羽は頷《うなず》く。重々しくそれを受け止めて、熊谷が続ける。

「大人を納得させるために必要なのは、熱意ではなく実績だ。風紀を乱さない、勉学を疎《おろそ》かにしない。この二点で信頼を勝ち取りなさい」

「わかりました」

「先生方に真面目《まじめ》な生徒だと思われること。それから、期末テストで赤点をとらないこと。この二つが達成できたなら、夏休みから許可が下りるように申請する」

「ありがとうございます」

勢いよく頭を下げる悠羽。

自分も働ければ、生活は今よりずっと楽になるはずだ。少なくとも、エアコンを迷わずつけられるくらいには。

「ところでなんですけど、あの」

顔を上げて、少女が問う。

「熊谷先生は、六郎が二年間なにをしていたかご存じでしょうか」

「二年、というのは卒業してからか」

「はい。本人からはどうやっても聞き出せそうになくて」

熊谷はふむ、と息を吐き出すとソファに深く座った。

「俺も詳《くわ》しいわけではないが、なにも知らんわけではない。だが、三条《さんじょう》自身が隠しているなら……」

「隠しているわけじゃないと思います。あの、隠していることもあると思うんですけど。六郎《ろくろう》はたぶん、単純に自分の話をするのが嫌いなんだと思うんです」

ずっと一緒にいて思った。

あの男の秘密は、悠羽のためを思ってそうしているものと、ほとんど無意識にしているものがある。家族絡《がら》みのことは前者で、仕事のことについては後者な気がするのだ。

「なるほど確かに、言われてみればそういう癖《くせ》があるな」

たとえ教師が相手でも、簡単に手の内を見せたりしない。必要であれば、容易《たやす》く嘘《うそ》をつくのが六郎という男だ。それはきっと、彼が生きるのに必要な技術だったのだろう。

そして、その技術は他の場所にも影響を与える。隠し事の多い六郎は、自然と他のことも隠すようになった。どこか一箇所から、自分の積み重ねた嘘が崩《くず》れていくのを嫌って。

「三条は最初、半年ほど住み込みで働ける仕事をしていたはずだ。家を契約する金もないと言っていたからな。それがなにかまでは、俺は知らん」

「場所はわかりますか？」

「遠く、と言っていたな。田舎《いなか》だから、知り合いがいなくて気楽だとも」

「田舎ですか」

それは悠羽にとって、意外な答えだった。なんとなく、六郎には都会の方が似合うイメージがあったのだ。舌打《したう》ちして満員電車に揺られる姿が、容易に想像できる。黙々と畑を耕《たがや》している姿は、どうもしっくりこない。

強面《こわもて》の教師はしばし口を閉ざしていたが、やがて穏《おだ》やかな口調で尋《たず》ねた。

「三条の収入が不安なのか？」

その問いを正面から受け止めて、悠羽は背筋《せすじ》を伸ばす。

「いえ、お金のことは心配してません。六郎なら、なんとかしてくれるって信じてます」

力のこもった声だった。意思の詰まった瞳《ひとみ》だった。

「でも、それじゃダメなんです。六郎はなんでもできて、強くて、凄《すご》い人だけど……傷つくから。だから、守られてばっかりは嫌なんです。私だって頑張りたい。六郎のことを助けられるようになりたいんです」

言葉が終わった後も、悠羽は熊谷から目を逸《そ》らさない。

その姿に、熊谷は兄と重なるものを感じた。どれほどの苦境に立たされても、信じられる一つを持った人間の強さを。

熊谷は長く息を吐いて、ソファにもたれかかった。

「わかった。なら君は、ちゃんと自分の家族を説得しなさい。三条は反対するだろうからな」

「……はい。頑張ります」

なるほど確かに、彼を説得するのは大変そうだ。

◆

買い物袋を自転車のカゴに入れて、悠羽は帰路についた。考える時間が欲しかったから、敢《あ》えて自転車は押していく。

アルバイトができるように、六郎を説得する。

それ自体は、さほど難しいことではないのだろう。悠羽が頼めば、彼は悩みながらも首を縦《たて》に振ってくれる。

悠羽ももう、大学へ行くことはないだろうから。

離婚した両親のどちらかについていくことは、もはや考えられなかった。六郎と過ごす日々は、ようやく手に入れた安らげる時間だ。それを手放したら、また公園生活に逆戻りだろう。

高校を出ても、六郎といたい。

であれば、今からアルバイトをしておくことは来年からも役に立つ。

そんなふうに理由を並べたって、六郎はきっと、自らの無力に打ちのめされる。

彼は強いけれど、弱い人だ。弱いから、強くなることを諦《あきら》めきれない。立ち向かう強さは、打ちのめされる無力と表裏一体《ひょうりいったい》だ。

六郎がそんな顔をするのを、悠羽は見たくなかった。だから、ひたすらに考える。伝えるべき言葉を、探し続けている。

「うーん……」

考えても考えても、全《すべ》てを解決する方法は浮かばない。そんな魔法はどこにもないのだと、心のどこかでは諦めてしまっている。

ため息交じりに、顔を上げた。

屋根の向こうから、夕焼けが視界を遮《さえぎ》った。オレンジが世界を切り取る。

どこかの家の、夕飯の匂《にお》い。子供たちの影。アスファルトの温度と、買い物袋の擦《こす》れる音。

何気ない日常の、限りない平凡の中から、懐《なつ》かしい声が聞こえた。

——ゆうは。そろそろ帰るぞ。

どこか大人びた少年の、ツンケンした命令口調。けれどそれは、照《て》れ隠しであることを知っていた。否《いな》。悠羽は疑ってすらいなかった。六郎が自分に棘《とげ》を向けるはずがない。そう信じ切っていたから。

足が止まる。周りを見ても、声の主はいない。

当たり前だ。だってそれは、記憶の中から響いたものだから。

「なつかし……」

ぽつりと呟《つぶや》いてあたりを見れば、炭酸が弾《はじ》けるように記憶が溢《あふ》れ出す。

この街は二人が育った街だ。どんな小さな通りにだって、思い出が詰まっている。

思い出の中で、六郎が笑っていたのはいつまでだろうか。いつから彼は、なにかに遠慮して笑うようになったのだろう。困ったように眉根《まゆね》を下げるようになったのは、なぜなのだろう。

アルバイトをしたい。

六郎に傷ついてほしくない。

その二つを両立しうる、完全無欠の解法。悠羽が本当に、六郎へ伝えたい想い。

その正体に気がついたとき、彼女は自転車に飛び乗った。ローファーの裏からペダルへと力を込め、伸びやかに加速する。

（私は――）

駐輪場に自転車を停《と》めると、そのまま勢いよく階段を上っていく。

（私は、六郎に――）

鍵《かぎ》を開けて、家の中へ。廊下の先にあるリビングのドアへ手を伸ばし、開ける。

その向こうでは、いつものように青年がパソコンと向き合っている。難しい顔をして、脇《わき》に置いたマグカップに手を伸ばす。その途中で、悠羽に気がついた。

「……ああ、おかえり」

「ただいま！」

「ん。おかえり」

「ただいま！」

「…………」

「ただいま！」

「落ち着け。ちゃんと聞こえてるから」

三度目の挨拶《あいさつ》に、困ったように六郎は首を横に振った。悠羽の勢いに動揺しているようで、身振り手振りで静めようと試《こころ》みている。

山の神のような扱いを受ける悠羽は、しかしその勢いを止めることなく口を開く。

「ねえ、次の日曜日って時間ある？」

「日曜？　ちょっと待ってろ……まあ、ないことはないけど。どれくらいだ」

「丸一日！」

大胆な時間指定に目を丸くする六郎。だが数秒で冷静になると、的確な質問を投げてくる。

「どっか行きたいのか？」

「うん。六郎と遊びに行きたいの」

「わかった。一日空《あ》けとくよ」

静かに頷いて、それ以上はなにも尋ねない。ただ、悠羽の願いを聞き入れるのが六郎という青年だ。そういうときだけ、いつも鋭い瞳が丸くなる。抜き身の刃みたいな雰囲気《ふんいき》が、一転して温かく色づく。

どうして彼を、慕《した》わずにいられるだろうか。

いつだって六郎は、悠羽にとって理想の兄だった。

けれどもう、それだけではダメだと悠羽は思う。

いつまでも、守られるだけの妹ではいられない。

◇

週七労働はフリーターの基本。

だが、悠羽から遊びに誘われてはそうも言っていられない。親から引き離して、こっちに来ても結局は孤独。では意味がないのだ。一人にしないと誓《ちか》った。俺がいると約束した。それを破るわけにはいかない。

とはいえ、仕事をしなければ金は入らない。最近は軌道《きどう》に乗ってきたとはいえ、二人分の生活がかかっているのだ。単純計算で、最低二倍は働く必要がある。義父からぶんどった十万は、できるなら縋《すが》りたくない。

出した結論は、他の日に多めに仕事をする。という至極《しごく》簡単なものだった。

「眠そうだけど、大丈夫？」

「コーヒー飲めば大丈夫だ」

結果として、日曜の朝は絶望的な眠気に襲《おそ》われることになった。奇妙な浮遊感と、上がらない体温。典型《てんけい》的な寝不足の症状を押さえつけるように、苦いだけの液体を胃に流し込む。朝食を食べて、シャワーに入れば多少はマシになった。

身支度《みじたく》を済ませたのは、俺のほうが先。女子はいろいろと準備があるらしい。

空いた時間で英語の勉強をしていると、悠羽が部屋から出てきた。

「……お、お待たせ」

さらりとした黒髪をなびかせ、現れた彼女は私服姿。サックスブルーの半袖《はんそで》シャツに、ベージュのショートパンツ。シンプルだが、涼《すず》しげで清潔感のある装いをしていた。

悠羽は躊躇《ためら》いがちに、服の裾《すそ》を持ち上げる。

「どう、かな」

「どう、とは？」

首を傾《かし》げると、無言で近寄ってきた少女が肩を叩《たた》いてくる。

「最低っ」

「理不尽っ」

ぺしっと乾いた音がした。わりと痛いのは、彼女が本気で怒っているかららしい。

どうして俺がこんなことを言わなければならないのか……まあ、減るもんでもないか。

「ごめんって。似合ってるぞ」

「最初っからそう言えー」

「覚えてたらな」

ジトッとした目を向けてくる少女に、肩をすくめて応じる。約束はできない。嘘つきだからな、俺は。

財布《さいふ》とスマホの入ったショルダーバッグを背負って、リビングの電気を消す。

「ほら、行くぞ。バスに間に合わない」

動物園までは、バス一本で行ける。

小学生の頃から、遠足の定番スポットだった。あるいは、休日に家族で行く場所としても。

それは今日だって同じで、園内は子供の集団や家族連れで溢れている。

入場ゲートを越えると、悠羽は軽やかな足取りで進んでいく。

「迷子になるなよ」

「六郎こそ、置いてかれないでよね」

「置いていくようなペースで歩くなよ」

「嫌ですぅー」

べーっと舌を出して、少女は再び歩きだす。ため息を一つ落として、俺もその後に続いた。

数年来ていないとはいえ、動物園のレイアウトなどそう頻繁《ひんぱん》に変わるものではない。同じ場所に同じ動物がいて、同じような人だかりがある。

……こんな感想しか出てこないから、俺ってモテないのでは？

マッチングアプリで一勝も上げることができなかった理由、わかってしまった気がする。俺は根本的に、なにかを楽しんだりすることが苦手だ。だから趣味の話が出てこないし、会話の糸口が摑《つか》めない。

そりゃ、相手だって雑な返信になるよなぁ。

一人哀愁《あいしゅう》に浸《ひた》っていると、いつの間にか悠羽が真横に立っていた。くりっとした瞳が、まじまじと俺ことを凝視《ぎょうし》している。

「どうしたの。ちょっと休む？」

「なんでもない。シマウマの縞《しま》の数を数えてただけだ」

「逆に心配になるんだけど！」

「冗談だよ。国家間の友好を証明するために贈られる、パンダの将来を憂《うれ》いてただけだ」

「六郎はそんなこと考えないよ。ここ、パンダいないし」

「お前は俺をなんだと思ってるんだよ」

「三条六郎でしょ」

「違いない」

確かに、三条六郎はそんなこと考えないよな。そもそもこの動物園にはパンダいないし。

考えることと言えば、金のこととエチエチお姉さんのことくらいだ。

「で、なに考えてたの？」

「圭次《けいじ》と奈子《なこ》さんを別れさせる方法」

「サイテー」

唇《くちびる》を尖《とが》らせて、それから悠羽は「ふふっ」と笑う。俺らしい、とか思われているのだろうか。

それはそれで、嫌な話ではある。

妙に嬉《うれ》しそうにする少女の視線がくすぐったくて、ポケットに手を入れた。

「んで、次はどこ行くんだ」

「ふれあい広場とか、どう？」

どうと言われてもどうもない。俺はどこだって構わない。だからゆったりと頷いて、歩きだす。同じ速さで、左側を悠羽が歩く。

　不意に失速したセミロングの髪。足を止めて振り返ると、口元に手を当てて考え込む悠羽。

「この歳《とし》でふれあい広場って……ちょっと変かな」

「またくだらないことを」

「そーいうことが気になるお年頃なんですぅ」

「じゃあ俺一人で行くから、遠くで見とけ」

「ずるい」

「なら来ればいいだろ」

「むぅ……」

　頬《ほお》を膨《ふく》らませて、恨《うら》めしげに見つめてくる悠羽。目の下がピクピクと震えるくらい、しっかり目に力を込めたその顔が、おかしくて小さく笑ってしまう。

「ふっ、変な顔」

「変な顔じゃないですぅー」

　むすっとしてそっぽを向いた少女に、それで、と声をかける。

「行くのか？　行かないのか？」

「……行く」

頷いたのを確認して、俺は早足で進む。小走りで追いついてくる悠羽。

思春期特有の、面倒な羞恥心《しゅうちしん》に難しい顔をしながら。それでも、ウサギを撫《な》でたいという思いの方が強いのだろう。次第《しだい》に歩みは速くなり、俺を追い越してふれあい広場に入っていく。

それを確認してから、足を緩《ゆる》めた。

百円玉を箱に入れて、紙コップに入ったウサギの餌《えさ》を一つもらう。それを持って、悠羽の背中に声をかけた。

「ほら、これ使え」

振り返った悠羽に、コップごと渡したつもりだった。だが、取られたのはニンジン一本。ほんの一瞬固まった俺の、その反応を見逃さない。

「六郎もあげなよ」

「……いや、俺は別に」

「いいから。一緒にやろ」

急《せ》かされて、渋々《しぶしぶ》頷く。悠羽の横に座って、ニンジンを差し出した。近くにいたウサギが寄ってきて、落としてやるとその場で食べ始めた。小さな口が小刻《こきざ》みに咀嚼《そしゃく》する。そこへ伸びてきたのは、少女の細い指。丸っこいウサギの体を、そっと撫でて目を細める。

「かわいいね」

愛《いと》おしそうにする悠羽の横で、俺はただ首を縦に振る。

小さなウサギを見る。俺は手を伸ばさない。伸ばせない。触れたらなにかが変わってしまう気がして、怖くて、言い訳みたいにポケットに指を入れる。

だからなんだ。

それがなにかを象徴するわけじゃない。

ただ、口を閉ざしているのが心地悪くて。ウサギに夢中な横顔に、気になっていたことを聞いてみる。

「どうして急に、動物園に来たくなったんだ？」

「どこでもよかったんだ」

あっさりとした答えだった。清々《すがすが》しいほどに、端的《たんてき》で、頓着《とんちゃく》がない。首だけを動かして、悠羽が俺を横目で見る。

「六郎と遊びに行けるなら、どこでもよかった」

日曜日の動物園が、不意に静かになったような心地がした。地面ごと俺たちだけが切り離されたように、喧噪《けんそう》が消えていく。

「……そう、か」

歯切れの悪い言葉を返すと、悠羽は頷いて前を向いた。その目には強い意思が滲《にじ》んでいる。

なにかを、言われるのだろうか。そんな予感がした。

俺たちが家族だった頃の思い出を、まだ覚えている。

カメラ越しに笑った義父と、背中側に立った義母。隣にいる悠羽。どこにでもいる、普通の家族みたいに撮った写真。あの頃は確かに、俺たちは当たり前の家族だった。

あの日も、膝《ひざ》の上にモルモットを乗せたんだっけ。

悠羽がここに来たのは、もしかすると、そのことに関係するのかもしれない。

また四人でやり直そうと、彼女が言い出したら……いや、さすがにそれはないか。脳によぎった被害妄想《もうそう》に、口の中を噛《か》む。

内心でいろいろと考えているのを悟られないよう、表情を偽《いつわ》ってやり過ごす。

俺たちはふれあい広場を満喫《まんきつ》して、昼食は持ってきたおにぎりで済ませて、それからもう少しだけ歩いた。

昼の三時にはやることもなくなって、売店を少し眺《なが》めてから動物園を後にした。

バスの時間にはまだ早い。駐車場の端にある、人のいない場所で時間を潰《つぶ》す。

しばらくの間は、他愛《たあい》のない話をしていた。キリンはやっぱり大きいだとか、ゴリラがふてぶてしいとか、サルの子供が可愛《かわい》いとか、そんな話を。ぷつりと会話が途切れたのは、なにか原因があったわけではなかった。ただ単に、話すことがなくなって、俺も悠羽も口を閉じた。なんてことはない静寂《せいじゃく》だ。だがどこか、張り詰めた沈黙だった。

悠羽がなにかを伝えようとしている。そんな気がしたから、俺は黙っていた。切り出しやすいように、時折目を合わせて、また外す。

そんなことを何度か繰り返していたら、囁《ささや》くような声がした。

「六郎はさ」

「うん」

頷いて、続きを待つ。だが、しばらく待ってもなにもなかった。

悠羽は難しい顔をしている。瞬《まばた》きを繰り返して、眉間《みけん》にしわを寄せて、なにかを必死に絞り出そうとしている。

「ごめん。いろいろ考えたけど、自分でもなにが言いたいかまとまらなくて。でもね、私、今のままじゃダメだって思う」

「どこがダメなんだ?」

逡巡《しゅんじゅん》して、悠羽が顔を上げる。透き通った瞳が映すのは、嘘つきのポーカーフェイス。

どんなことを言われるのだろう。内心では酷《ひど》く怯《おび》えている自分がいて、顔をしかめたくなる。

そうしないのは、もはや習慣のようなものだ。理由もなく、俺は俺の感情を隠せる。

少女の唇がはっきりと動く。

放たれた空気が世界を震わせ、音となって耳に飛び込んでくる。


「六郎がダメじゃないのが、ダメなんだよ」


言われた意味を理解することはできなかった。

予想していたどれとも違って、予想できるはずもなくて、聞いてなお飲み込めない。

何度か瞬きをした。呼吸をした。それからようやく、口を開く。

「意味がわからないんだが」

「完璧《かんぺき》すぎるって言いたいの」

「完璧？　俺が？」

ほんの少しの迷いもない悠羽に、つい顔をしかめてしまう。完璧なんて、俺から最も遠い言葉だ。普通と呼ぶことすらおこがましいくらい、三条六郎には全てが欠けている。

だというのに、彼女は。彼女だけは、それを信じていた。錯覚《さっかく》ではなく、慧眼《けいがん》でもなく、ただその目に映した景色として、そんなことを言ってくれる。

「完璧だよ。だって、私のことを助けてくれた。一緒に暮らす家を準備して、たくさん働いて、学校のことだって……全部、六郎が助けてくれた。なのに、私はなにも――」

「それは違う」

遮《さえぎ》るように否定したのは、反射だった。

「お前はなにもしなくていいんだ。なにもしなくたって……」

俺が生きる理由になっていると、死ねない命綱《いのちづな》になってくれていると。そう言えたら、どれだけいいだろう。もらったものの大きさを、彼女に伝えることができたら、少しは納得してくれるだろうか。

否。しないだろう。

しないから悠羽は悠羽で、今だってこんなに、苦しそうな顔をしている。

「じゃあ、六郎のことは誰が助けてくれるの？」

そんなものはいらない。いらないんだ、誰かの助けなんてものは。

だって俺は、どうしようもないクズで、嘘つきで。

誰からも助けてもらえないのが当たり前だった。求め方なんて忘れてしまった。

たった一度、こんな俺を好きだって言ってくれた人を。優しいと伝えてくれた人を、遠ざけてしまった。

助けを求める資格なんて、ない。

視界が閉じていく。心が暗闇《くらやみ》に沈んでいく。あの時と同じだ。小牧《こまき》を振ったときと、同じ感触がする。なのに俺は、繰り返す。

「俺は、お前さえ幸せになってくれればいいんだ」

優しいフリをして、綺麗《きれい》なものの真似《まね》をして、やっていることはただの拒絶だ。どうしようもないくらい、相手に断絶を突きつける。

悠羽との間に、亀裂《きれつ》が入る。音が聞こえた気がした。

なのに。

「無理！」

ただ一言。

ほんの二音で、彼女はその亀裂を飛び越えてくる。澄《す》んだ瞳の中心には、変わらず俺を捉《とら》え続ける。

「六郎が幸せじゃないなら、私が幸せになるなんて無理だよ。だって、私の幸せには——六郎が必要なんだもん」

指先が震えた。ぐっと握りこぶしを作って押さえ込む。心臓が大きく脈を打った。血液が全身を駆け巡《めぐ》って、少し冷たい。

自分がどんな顔をしているか、もはや意識することはできなかった。

笑えていたら、いいなと思う。

「俺は、お前が思うほど不幸じゃないぞ」

「足りないよ」

「なにが？」

「休みの日が足りない。仕事のしすぎ。勉強のしすぎ。今日だって、一日遊ぶためにボロボロになってるじゃん」

指を立てて、不機嫌そうに並べ立てる少女。

「……そんなこと言われてもな」

「お金のことで心配なら、私も働きたい。それでもっと六郎と遊べるようになるなら、その方がいい」

彼女は今、どんな顔をしているのだろうか。わからないのは、目を合わせられないからだ。

一つ一つの言葉が真《ま》っ直《す》ぐすぎて、眩《まぶ》しくて、目を伏せてしまう。

影の形が変わる。悠羽が背筋を伸ばし、頭を下げた。

「先生にも話したの。頑張れば、許してもらえるかもしれない。だから――私に、アルバイトをさせてください」

この言葉にたどり着くまで、どれだけ頭を悩ませたのだろう。

俺を遊びに誘ったときには、既《すで》に考えていたのだろう。アルバイトがしたい。それを伝えるためだけに、随分《ずいぶん》と遠回りをしたもんだ。その遠回りに絆《ほだ》されてしまった、俺も俺だ。

「働くのは大変だぞ。つまらないことも多い」

「うん。でも、頑張りたい」

「辛《つら》くなったら、いつでも辞められるか？」

「普通逆じゃない？『辛くても辞めない』、でしょ」

「辛かったら辞めろ。それができないなら、俺は許可しない」

断言すると、悠羽は「ふふっ。あははは」と笑い出した。瞳に薄《うつす》らと涙が浮かぶ。ひとしきり笑ってから、何度も首を縦に振った。

「はい。わかりました。辛かったら辞めるから、ね」

「よろしい」

大仰《おおぎょう》に頷くと、また笑う少女。今度は釣られて、俺も微笑《ほほえ》んでしまった。それでまた、悠羽が気持ちよさそうに笑う。

おかしくて、温かくて、面白《おもしろ》くて、愛しくて。

重ねてきた嘘たちが、今だけは輝いているような気がした。

◆

真っ直ぐに、ただ真っ直ぐに少女は願う。

昔からそれでよかった。そうしていれば、彼はどんな願いだって叶《かな》えてくれる。

だからきっと、この願いだって叶えてくれる。

私は、六郎に——笑っていてほしいんだ。

誰よりもそれを願えるのが、三条悠羽という少女だった。

◇

「ねえねえお兄ちゃん」

家路の途中で、懐かしい呼び方をされた。

今じゃもう、六郎で定着したくせに。冗談のつもりなのだろう。

昔だったら、真剣に注意していた。それが本当に嫌だったから。兄妹として生きるには、俺たちはあまりに不平等で。けれど彼女は、俺に手を差し伸べてくれた。

だから誓ったのだ。

兄妹としてではなく、ただ俺の意思として彼女を守ろうと。そう決めた。

六郎として、悠羽を守る。そこに兄という関係性は必要ない。

「お兄ちゃんって呼ぶな」

口角を持ち上げて、声だけは不機嫌そうに答える。

横に並んだ悠羽がそっぽを向いて、渋々頷く。

「じゃあ、六郎」

「それでいい」

くだらない、おままごとみたいなやり取りだ。それでも、同じ記憶を確かめ合えることが嬉しい。どうでもいいことも、二人なら特別な色に染まる。

「どうして六郎は、お兄ちゃんって呼ばれたくないの」

「それは――」

いつもここで、話を変える、お茶を濁《にご》す、でっち上げた適当な言い訳でやり過ごす。

けれど今日は、少しだけ考えてみた。今までとは違う、今に即した答え方を。

数秒の間を置いて、その問いは彼女に返すことにした。

「どうしてだと思う？」

悠羽が目を丸くする。

変わらないことが大切だ。昔を懐かしむと胸が温かくなる。

けれど今の彼女を見ていると、昔とは違うことに期待してしまう。

エピローグ

サブローは問う。
『ゆうさんは最近、楽しいですか?』
ゆうが答える。
『はい。誰かさんのおかげで毎日楽しいです。サブローさんは?』
口元を緩《ゆる》めて、青年はスマホの上で指を動かす。
『誰かさんのせいで、退屈しないです』
少女は唇《くちびる》を尖《とが》らせて返信。
『おかげで、の間違いじゃないですか』
六郎はベランダから空を見上げる。

『冗談です』

悠羽は非常階段で空を見つめた。

『知ってます』

同じ青の下で、別々の場所で、偽物《にせもの》の名前で、

二人は同じように微笑《ほほえ》んだ。

特別書き下ろし

雨×傘×メッセージ

ざあざあと鳴る音に、ふとタイピングの手が止まった。

ベランダのコンクリートを殴りつける大粒の水滴と、低く重たい暗黒色の雲。雷《かみなり》でも落ちそうな雰囲気《ふんいき》で、吹く風も七月にしては冷たい。

「あいつ、ちゃんと傘《かさ》持ってたかな」

不安になるのは、同居中の義妹。悠羽《ゆうは》のことだ。

最近ちゃんとしてきたとはいえ、昔はとにかく忘れ物が多かった。傘を忘れて、びしょ濡《ぬ》れになって、体が冷えたせいで風邪を引いた。俺はそれが嫌で、わざわざ中学校まで迎えに行っていた。

もう五年も前になる。遠い昔のことみたいだ。

あの頃は中学一年生だった悠羽も、今では立派《りっぱ》な高校三年生。さすがにこんな雨の日に、傘を忘れていったなんてことは――

「忘れてんだよなあ」

——あった。

傘立てに思いっきり二本刺さってた。俺のものと、悠羽のもの。仲良く並んでいい気分ってか？　仕事しろよ傘。今日仕事しなかったらお前はなんのために生まれてきたんだよ傘。自分のこと日傘だとでも思ってんのか？

「あのアホ……」

ため息が出た。

朝のニュースでも夕方から雨って言ってたはずなのに。家を出るときに「傘忘れんなよ」って俺言ったはずなのに。

しっかり置いていってやがる。

本当に大丈夫なのか、あいつは。

やれやれと首を横に振ったら、スマホが通知音を鳴らした。

『ゆう』からのメッセージだ。

◆

ざあざあと鳴る音に、悠羽は一人唇《くちびる》を持ち上げた。

雨の日は好きだ。特に夏。熱した空気が一気に冷やされて、アスファルトから立ち上る独特の匂《にお》い。体育の授業で疲れ切った生徒たちの、うつらうつらした背中。外の轟音《ごうおん》とは切り離されたような、教室の静寂《せいじゃく》。

ちらりと外へ、低い場所へと視線をやった。見えるのはグラウンド。中学の頃は、校門が見えた。そこに兄の六郎《ろくろう》が立っているのを見て、教室を飛び出す。その瞬間が、彼女は好きだった。

もう五年も前のことだ。今来られたら普通に困る。

中学のときでさえ、ブラコン扱いされて大変だったのに。実際、当時の悠羽は相当なブラコンではあったのだが。とにかく、もうあんな恥《は》ずかしい思いをするわけにはいかないのだ。

それに今日は、ちゃんと傘を持ってきている。

鞄《かばん》の中。折りたたまれた可愛《かわい》らしいそれを、悠羽は上機嫌に思い出す。

六郎が誕生日プレゼントに買ってくれた、折りたたみ傘を。ずっと使えずにいたこれを、今日こそは使うのだ。

授業が終わる。チャイムの音で起立して、礼、着席。ガタガタと椅子《いす》の音。

帰りのＨＲが始まる前に、悠羽は教室をするりと抜け出した。

非常階段に出て、スマホを取り出す。起動したのはマッチングアプリ。学校で使用がバレたら大変だが、消すには惜《お》しい。『サブロー』とのメッセージは、もう少しだけ残しておきたい。

それに。

素直にありがとうと言うのは、少し恥ずかしいから。

そういう言葉は、『ゆう』として発したいと思ってしまうのだ。

指先でメッセージを、送信。


『今日は雨ですね！』

◇

「んなことは知ってらぁ！」

マッチングアプリを通しての久方ぶりのメッセージに、修羅《しゅら》のごとき怒りが飛び出した。

なんだよ『今日は雨ですね！』って。

お前は！　俺に！　なにを！　求めてるんだよ！

迎えに来てほしいのか？　なあ、迎えに来てほしいんだろ。じゃあ、そう素直に言え！

「わざわざこんなアプリ使いやがって……」

わかりづらいことこのうえない。一体どれほど、俺が『ゆう』の怪文書に頭を悩ませたことか。なんでも悟ってアピールをしてくるあたり、あいつもしっかり女子なんだよなぁ。女子、すぐ悟れオーラ出してくる。男子ちゃんと歌ってんのに責めてくるし。なんなのあいつら。エチエチお姉さんを見習ってほしい。

時刻は四時に差しかかっている。もう六限も終わった頃だ。

「しゃーない。迎えに行くか」

とはいえ、あいつも学校まで来られるのは嫌だろう。仕方がないから、近くのコンビニを集合場所にしよう。

『ちょうど今から、コンビニに行こうとしてたのに。まあ、頑張って向かいます』

やれやれと首を左右に振って、靴を履《は》く。手に取った傘は二本。酷《ひど》く懐《なつ》かしい感覚だ。

こんなこと、もうないと思ってたんだけどな。

◇

この大雨では、水溜《みずた》まりを避けるなんて不可能。横断歩道には川ができているし、仕方がないことだ。家から高校までは、自転車通学が許される二キロほど。その距離をダッと走って、コンビニに入店。すぐに右を見ると、雑誌コーナーに目当ての人は立っていた。

集合場所についてはちゃんと伝わっていたらしい。一安心。普通に言えばいいのに。俺たちってバカなのか。

気がついた悠羽がこっちに向かってきて、目を丸くした。

「あ、六郎。ってびしょ濡れじゃん！　こんな雨の中どうしたの？」

「どうしたもこうしたも……」

お前が呼ぶからだろ。と言いかけて、口をつぐんだのは、彼女の手に見覚えのあるものがあったからだ。

俺が贈った、折りたたみ傘。

「はあぁぁ」

「え、なに？　なんのため息？」

大きく息を吐いて、膝《ひざ》に手をつく。悠羽は目を白黒させて、不思議そうに突っ立っている。

そうか。

その折りたたみ傘を使いたかったから、いつもの傘は持っていかず。わざわざ『ゆう』でメッセージを送ってきたのか。

なんて紛《まぎ》らわしいことを。なんてアホなことを。

おかしくて、笑いが零《こぼ》れてしまった。悪者みたいに、くつくつと。

「な、なんで笑うの!?」

「いやお前、その傘じゃこの雨は無理だろ」

「うっ」

ぴくっと硬直する悠羽。コンビニに来るまでの短い道のりで、折りたたみ傘のパワー不足は痛感したのだろう。

「ほら、持ってきたからこっち使え」

「今日はこっちがよかったのに」

「ワガママ言うな。雨なんていくらでも降る」

持ってきた傘を渋々《しぶしぶ》受け取る悠羽。それに俺は、ため息一つも出てこない。ただ、緩《ゆる》んでしまう頬《ほお》を引き締めることしかできない。

なんて面倒《めんどう》で、なんて温かいワガママなのだろう。

「唐揚《からあ》げ買って帰るぞ」

「いいの？　じゃあ私、塩味がいい」

「ブルーハワイじゃなくて？」

「唐揚げは青くないほうが美味《おい》しいんですぅ」

頬を膨《ふく》らませた少女が、耐えられなくて小さく笑った。

雨は止《や》まない。空は晴れない。

それでも俺たちは、軽やかに家路につく。

あとがき

カレーの中辛が食べられません。嘘《うそ》です。ギリギリ食べられます。

このくらいのしょうもない嘘でも、日常的についていると人からの信用を失います。ちょっとしたニュースを言っただけで一言目は「嘘でしょ」が返ってくる。控《ひか》えめに言って無駄なやり取り。

そんな自分ですが、なぜかコンテストで大賞をいただいたことは誰からも疑われませんでした。温かい人たちに囲まれていることに、感謝が絶えません。

自分は大学に入って以来、ずっとシェアハウスで暮らしてきました。生活を共にしていると、友人はやがて家族のようなものになっていきます。そんな温かい変遷《へんせん》を、物語にも記せたらと思います。

それでは、また次の本でお会いしましょう。

城野　白

ダッシュエックス文庫

俺は義妹に嘘をつく
～血の繋がらない妹を俺が引き取ることにした～

城野 白

2023年12月27日 第1刷発行

★定価はカバーに表示してあります

発行者 瓶子吉久
発行所 株式会社 集英社
〒101-8050 東京都千代田区一ツ橋2-5-10
03(3230)6229(編集)
03(3230)6393(販売／書店専用) 03(3230)6080(読者係)
印刷所 図書印刷株式会社
編集協力 加藤 和

ISBN978-4-08-631532-6 C0193